滄海叢刊

回首叫雲飛起

羊令野著

1982

東大圖書公司印行

中華民國七十一年三月初版

回首叫雲飛起

基本定價貳元伍角陸分

著作者 羊令野
發行人 莊剛彰
出版者 東大圖書有限公司
總經銷 三民書局股份有限公司
印刷所 東大圖書有限公司
臺北市重慶南路一段六十一號二樓
郵政劃撥一〇七一七五號

行政院新聞局登記證局版臺業字第〇一九七號

自序

這本集子裏的文字，大多由我的「仰蓮室談藝」和「永和居周記」兩個專欄中選輯出來的。大致上說，不外乎文學藝術與人生，無不是從生活中潛沉汲引而來，因而不致成為迂腐之談抑或陳腔濫調。我常常想，凡是屬於生活的，必有其鮮活的生命跳躍其中，這個信念，也是我每每在落筆沉思之際，未嘗或忘者。

讀辛棄疾「賀新郎」一詞至「回首叫雲飛起」句，驀然間令人興起「雲飛」之想。雖然天涯人老，遊子未歸，惟「猛志逸四海，騫翮思遠翥」的豪情，依然未減當年。棄疾的「雲飛」，乃是出神入化最能顯現其充沛的生命力。同樣的也譜出了棄疾的際遇、情懷。因而以「回首叫雲飛起」，題署這個集子，雖說借別人的酒杯，澆自己的塊壘，或者真能醉出我的另一種雲飛之姿，另一條攀登的天路。生活固是文學的活水源頭，漸行漸遠，愈入愈深。而「雲起」則為創造的再生，千變萬化，神貌衆殊。想起王維詩：「行到水窮處，坐看雲起時」，彷彿他與棄疾的「雲飛」，正像雲中的一對異代孤鶴，半路上不期相遇，比翼而飛。一個是水窮雲起，一個是回首驚呼，莫不是興發着人世間的艱難際遇之情，文學中的異曲同工之韻。

淵明有「停雲」一詩，序中自云「思親友也」，實亦比興兼之，象徵多於題旨。「靄靄停雲，濛濛時雨」，固亦有其溫雅典則，惟雲起雲飛，總覺繭中的生命正要突破欲飛，而陣痛的艱辛，躍動的喜悅，則恒是一隻彩蛾誕生之開展。「回首叫雲飛起」集中作品，是否亦如彩蛾之振翼，展示其生命的情調在零縑散簡之中，則非我所計及者。當這本集子付梓之前，又一次的迴誦與審察，我的思想、情感與言語生命縈繞如縛繭，縹緲如飛雲。叱咤一聲，此去人間或雲作雨，或鳥呼風，想是回首相顧中事了。

凡久蟄者必飛，久噤者必鳴，飛也！鳴也！無非是一種生命的呈現。但願天半朱霞中，可以聽到一聲清麗的鶴唳也。是為序。

羊令野　序於辛酉年臘月永和居

回首叫雲飛起 目次

□是爲序

□謁金門

□獲印記

□雲飛起

□寸草心

□詩之餘

□翰墨緣

第一輯 味外味

司空圖「二十四詩品」

浮世榮枯總不知，且憂花陣被風吹。
儂家自有麒麟閣，第一功名只賞詩。

司空表聖：杏花絕句

表聖河內人也，號耐辱居士，覆姓司空，諱圖，表聖其字也。唐季登第，官舍人，後歸隱虞鄉王官谷。朱溫篡唐，召爲尚書，不應。聞哀宗被弒，不懌，數日卒。後人弔以詩云：「泉石殉君王。」蓋亦隱逸中節義人也。

前面所引杏花絕句，可以想見表聖所謂自己的麒麟閣，惟品賞詩耳。事實上表聖的肯定，並非狂妄，他所著「廿四詩品」在中國文學史上應稱賞詩、評詩的第一功名。除了「詩品」之外還有詩文「一鳴集」。詩品分題廿四，每題繫詞十二目，皆以四言表達之。固是詩的品評，實亦最佳詩創作也。此與「文心雕龍」可說得上詩文理論之雙璧。

後世為「廿四詩品」注釋及吟咏者衆，註釋乃聚訟紛紜，莫衷一是。甚而得其形而失之於神，總覺神形懸隔，未能得中表聖心源，反而有些像解牛者解掉一匹千里馬也。由於表聖的「詩品」它是詩的，比物取象，達意傳神；因而「詩品」不可僅視為理論之創新，實乃詩境之營造。既是詩的品格，更是詩的品味。誠如表聖「與李生論詩書」說：「味在鹽酸之外，辨於味而後可以言詩」，此亦所謂「味外之味，絃外之音。」則不是一般味覺或聽覺的人，所能得其味知其音了。我於表聖「廿四詩品」，應作如是觀。

自司空詩品之後，仿而效之者，有「詞品」、「畫品」、「文品」、「賦品」及「賦賦」等踵事增華，不一而足。清隨園老人有「續廿四詩品」之作，隨園詩話是一本最流行的詩話，讀他的續詩品，莫不與其詩話中之理論相吻合。所以後註釋續詩品的人，總以他的詩話中妙解探作詮釋。也可以說，「續詩品」正是隨園老人的詩觀之集成。隨園主性靈的人，從他隱於金陵小倉山房的生活，可以想見。「詩話卷五」中說：「人有滿腔書卷，無處張皇，當為考據之學，自成一家。其次，則駢體文盡可舖排，何必借詩為賣弄？自三百篇至今日，凡詩之傳者，都是性靈。不關堆垛。惟李義山詩稍多典故，然皆才情驅使，不專砌塡也。」他雖主性靈，但詩必根於學，所謂「不從糟粕，安得精英」是也。他有一首續元遺山論詩末一百說：「天涯有客號詅痴，誤把抄書當作詩，抄到鍾嶸詩品日，該他知道性靈時。」隨園一言道破，藝術貴於創造，不拘泥於古，更不是拾人牙慧也。

讀淵明輓歌詩有言

偶而去殯儀館弔祭，遍讀四壁輓聯，無不盡哀榮之能事，惟按諸存歿之間情誼或生平，頗覺文不對題，語無倫次。眞是虛應故事，有辱死者，無慰生者。

中國人之哭悼，始自輓歌，唱之和之，繼而轉化爲輓聯，將情感訴諸文字。輓聯、詩之餘也。古人恒有自作祭文輓詩者，寓意騁辭，以示曠達之情，大多成於生前暇日。眞正絕筆之作，唯孔子曾子能之，得有曳杖之歌，易簀之言耳。晉桓伊善輓歌，庾晞亦喜爲輓歌；每自搖大鈴爲唱，使左右齊和。袁山松週出遊，則好令左右作輓歌，類皆一時名流達士，躭於習尙，此輓歌擬作也。

陶淵明有「輓歌」三首，自祭文一篇存集中，據歷代論證，確定爲絕筆之作。聞秦少游將亡，效淵明作哀輓。輓詞以歌而不哀，置死生於度外者始合自輓之情，陶令的三首輓歌，以平常語，道出生死來，其第一首之結句云：「但恨在世時，飲酒不得足。」萬千事物，一字不提，卻斤斤計較平生沒有喝個痛快，此也淵明快人快語，其將亡也，得以一吐為快。

「人生不滿百，常懷千歲憂。」生命總是有大限的。有些人「不見棺材不流淚」。有些人「不到黃河心不死」。求生的意志永遠是自我的鬥爭。中國哲學把生死之事看得非常圓滿，故有自輓詩文，無諱死亡。甚而生前即自築壙穴，備製壽棺，藉以添福添壽。這般生死觀在中國文化中甚為突出，且多在從容閒暇中實踐了此一生死信念。

今天的所謂輓聯祭文，聊備一格而已。殯儀館有專職司儀先生，一稿通用，念念有詞。即或豪門顯宦之家，其輓聯莫不典麗有加，浮於詞藻，無關情誼，不知此等瑤篇，其為死者臉上搽粉？抑或為生者臉上抹彩？與其舞文弄墨，還不如芻生一束，較有情意也。因而輓詞之於今世，已成了官樣文章。人與人之間，已覺語言無味，況人與鬼之間區區輓聯祭文耶！

余讀淵明輓歌祭文，想見古人之曠達，復讀前人之輓詞悼文，眞個生死見交情，就感到現世之作僞，人情之澆薄，不待觀樂採詩，即知其概。禮義之邦云乎哉！從喪禮之漸衰，已窺見人心之自溺，乃是至可哀的一面！

陶淵明「責子」詩

淵明有五個兒子，儼、俟、份、佚、佟。在其詩文中未曾涉及女兒，像他這樣曠達的人，我想不會有世俗中重男輕女的偏見而致一字不提。他寫了「命子」、「與儼等疏」及左錄「責子」詩：

「白髮被兩鬢，肌膚不復實，雖有五男兒，總不好紙筆。阿舒已二八，懶惰故無匹，阿宣行志學，而不愛文術；雍端年十三，不識六與七；通子垂九齡，但覓梨與栗。天運苟如此，且進杯中物。」

望子成龍，總是天下父母心也。淵明愛子之切，責子之深，此乃人情之常。而此首「責子」詩，不僅流露了慈祥的親情，也有其謔子以自解嘲的幽默感。他在彭澤時送一力助其子薪水之勞；故在與儼等書中說：「吾年過五十，少而窮苦，每以家敝，東西奔走，性剛才拙，與物多忤。自量爲己，必貽俗患。黽俛辭世，使而汝等幼而饑寒。……汝輩稚小家貧，每役薪水之勞，念之在心，若何可言。」因而他没一力助之，却說「此亦人子也，可善遇之。」這又是「幼吾幼以及人之幼」的仁懷。由於家貧，幼稚仍不免薪水之勞，因而荒於學業。說他責子，實亦窮途自嘲耳。

杜甫在「遣興」詩裏說：「陶潛避俗翁，未必能達道。觀其著詩篇，頗亦恨枯槁。達士豈自足，默識盍不早。有子賢與愚，何其掛懷抱？」避俗達道，其關懷親子之情亦正人道直合乎天道，杜甫未必不能感受此一心情，想亦信筆「遣興」之詞耳。東坡最敬佩於淵明詩者，讀此「責子」詩，也不免在七百年之後調侃陶公一番：「我笑陶淵明，種秫二頃半。婦言既不用，還有責子歎。」此與工部同樣是戲言也。

不過淵明年屆知命，鬢髮俱白，雖有五子，年皆幼稚，賢與不肖無𠬧論也，惟生之必育之，爲人父者總拳拳於懷。其「命子」詩中可以想見其情：「厲夜生子，遽而求火，凡百有心，奚特於我！既見其生，實欲其可。人亦有言，斯情無假。」世間亦有許多爲人父母者，僅知溺愛，不知責戒；僅知誇譽，不知教勉。我們讀淵明「責子」詩，及其「與儼等疏」最感人的一句：「此亦人子也，可善遇之。」則天下父母及爲人子者，可以環誦深思矣！

創造是美的誕生

——短論義山與杜牧的「樂遊原」詩

讀九月十九日「西子灣」所刊黃逕連先生「靈魂的壯遊」——兼析李義山的「登樂遊原」一文，有關評析部份頗中肯綮。樂遊原又名樂遊苑，位於陝西長安縣南，可瞰全城。漢書宣帝紀：「神爵三年，起樂遊原」，故李詩有「驅車登古原」之句，地勢高曠，復有「夕陽無限好」的景色。杜牧也有一首：「將赴吳興登樂遊原」七絕，當時杜爲司勳員外郎，乞外放湖州刺史，將離京師赴吳興履新，於是登古原，不免有所興感：

「清時有味是無能，閑愛孤雲靜愛僧。
欲把一麾江海去，樂遊原上望昭陵。」

昭陵爲太宗墓，在陝西醴泉縣東山。小杜在京師守的是冷衙，做的是閑官，這種閑和靜的意味，在那太平歲月中，雖說不才無能，却有孤雲和野僧的生活情趣。一旦外放，就感到失去這種清閒乃興依戀之情，且以昭陵追思來表達他的對君王之忠思有所報也。因爲杜牧此行乃乞放吳興，雖說外放，可見聖上恩寵。此與義山「樂遊原」的心情相較，李則「向晚意不適」，杜則「一麾江海去」，心態不同，際遇有殊，詩的表現也就成了兩個極端的意境，雖然古老的樂遊原沒有什麼改變，但李、杜心境各有變異了。這眞是「景是衆人同，情乃一人領。」義山與杜牧來看樂遊原的風景，義山感於向晚的夕陽，向晚的境遇，但是一個黃昏已近了，好景難常，不免淒清與之。杜牧行將就任刺史，舊地重遊，惜別情深，他沒有描一絲樂遊原的景物，惟一的遠眺昭陵，興起永懷追思。當然這兩首詩，總結起來，義山的作品，畢竟圓渾而寄意遙深，寫景也好，寫情也好，寫人生際遇也好，說出了「無常」之理，短暫之美。義山以夕陽爲象徵，若有所得亦若有所失。而杜牧則在生活的得失之間無可如何了！

將張三的詩和李四的詩來作比較，我覺得無此必要，在心爲志，在言爲詩，各人心裏的志不會一個模式鑄造的，所以寫出的詩也不會成了孿生作品。頂多這種比較，只是各說各話罷了。玆舉李杜之作，他們俱是樂遊原上的遊客，可是寫的樂遊原，則各不相關。藝術作品就是各具匠心的產物，一樣材料，萬種成品。這要靠他們的詩心創造，創造始是美的誕生。

淵明「讀山海經」

淵明詩，多避經典神話，惟其「讀山海經」一詩，假事物之異，衍寄心中憤慨。歷世論者或擬諸屈子之「天問」及「離騷」，或鄙之荒誕不足道。陶詩放逸於田園之美，縱浪於大化之樂，其眞樸之情，親和之切，較能契合人世中所嚮往的淡泊寧靜生活也。一旦涉及異聞傳說，卽與田園詩風相背，難迎論者之好惡，其實淵明詩心活潑，無所掛礙，我們從「讀山海經」十三首詩，也可窺見用事喩物，並非泥古不化，且轉化於淵明自己的人生及自然觀，亦不過供彼事物，抒己情懷耳。這究竟不像一般傖父俗子，侈異逞奇，食而不化可比。

詩中用典，爲中國傳統詩所習承，艾里特之「荒原」，莫不是充盈神話異說者。典故用之於詩，必有其轉化之道，否則白金鑲鑽石，只見珠光寶氣。此乃用典之大忌，亦詩之致命傷也。所以無論傳統詩或現代詩，用典遣事，都須求其自然，恰到好處，方爲絕妙。

凡典故爲異代不同時之人物事件，今人用之，欲得與自己的生活經驗相結合，豈非時光倒流，如入桃花源矣！縱然出諸大手筆，亦不過止於借古喻今而已。古人詠史或擬古之類作品，大多採此借古喻今法式，抒千古幽情，澆五中塊壘。這種詩寫來却受到牽牽扯扯，彆彆扭扭，彷彿借屍還魂。因而胡適先生的八不主義，提出不用典主張，想是不獨變法求新，大概最怕是吊死鬼搽粉也。

陶令從「衆鳥欣有託，吾亦愛吾廬。」到「俯仰終宇宙，不樂復何如？」在如此的田園生活中，他「汎覽周王傳，流觀山海圖」，把他的天地開放得更壯濶無遮礙，把自己和萬物融會爲一體的生命，可以說，這起首的詩呈現了他的人生宇宙，也是讀山海經之所以興會有作一個總提。淵明在十三首詩中並未炫耀他的知識，只是借事物之異，寫關注之情。在沒有一絲斧鑿之痕中，把這些事物一一賦予自己的生命血流，使之活潑運轉於每一詩的語言思想和情感結構中。

「高酣發新謠，寧效俗中言」，可見淵明他是最躭於樸實，而求通俗者。從他的田園居生活型態，他的確擁有了自然、憐憫萬事萬物，因而淵明「讀山海經」一詩，雖不同於「飲酒詩」，但詩中自有淵明容音在焉！

說東坡「題西林寺壁」詩

東坡有一首「題西林寺壁」的七絕詩，這個作品常爲評詩者引用解析，自來衆說紛紜，莫衷一是。如果一言中的，還得由東坡夫子自道，始可分曉。詩云：

「橫看成嶺側成峯，遠近高低總不同。
不識廬山眞面目，只緣身在此山中。」

如果談這個作品的人，此刻站在西林寺前，想是有成嶺成峯，遠近高低，各具其姿的感覺。前兩句從眺望的角度，忽而成嶺，忽而成峯，橫觀與側觀之間，其變化難測，凡是深入叢山去看過山的人，讀此兩句自有同感。橫側異位，遠近高低，莫不有「總不同」的形態出現，所以「遠近高低」其與「橫看側看」的結果也不相同。如是則第二句「遠近高低總不同」絕非第一句詩的引伸了。

有位好評傳統詩的朋友，硬說第二句是贅語，這未免草草率率讀過了這句詩，看廬山究竟不像站在臺北市的高樓去看觀音山，觀音山遠眺如臥像，也要有一個適當的距離和角度，否則在你的視野裏只不過青山一髮而已。

這位解東坡詩的朋友，最妙的還是在第四句「只緣」之「緣」字上的一大發明，旣說「緣」字作「因爲」之解，却又說「緣」字是「隨緣」的含義，此一天馬行空的聯想，未免是一匹失韁野馬，離開詩意太遠了。我怎麼讀也無法聯想到「隨緣」上面去。也許我沒有那份高人的悟性，可以悟出這個道來。不過談到第三、四句，最重要的五個字「廬山眞面目」，是承上面兩句而轉合的，不論橫嶺側峯，或遠近高低的廬山面目如何變幻，來看山的人，總難識得廬山眞面目，這個眞面目，也不僅僅指的是廬山的有形的全貌，而在有形面目之外，自有其眞面目在焉！觀山如觀人，能看透山的本性和人的本性來，那才是慧眼，那才是超越形相了。當然第四句只是指出「只緣身在此山中」，因爲人未能置身一切事物之外，總有些主觀，亦如這位朋友解析東坡詩一樣的不夠客觀也。若眞能「隨緣」而往，來剖析這首詩，也許說得恰到好處，只因此君與東坡詩無「緣」，所以始終在廬山之中打轉，永遠無法抽身而出也。

不要以爲讀傳統詩容易，像東坡這首詩，就教人「不識眞面目」了。豈可讓庖丁之刀，來解伯樂的千里馬！

讀東坡詞題記

夜在廣東一街，燈下讀東坡「卜算子」一詞，恍彿窗下也有個幽人獨往來的跫音，涉過蒼茫夜色裏。想此刻那遠遠的山限窗下，你和我一樣愛惜着這一分一秒的寧靜，把夢擱在枕邊，獨與古人徜徉於那遼遠的時空。

茶是這般釅釅的，夜是這般幽幽的，而思緒却是沉重的。東坡寂寞地在黃州的定惠院，想他自己莫非即那縹緲孤鴻影，揀盡了寒枝不肯棲！而我却是孤雲一片，偶然南來，隨風吹散了繚亂的清影，既不能爲天下蒼生化甘霖，也無從爲春花庇一角陰晴。一朶閒雲，就這樣輕輕薄薄，絲絲片片，蕩遊碧空而已。想到舊句：「花疏宜甜蝶，山瘦好停雲。」可是何處覓得一座風骨嶙峋的山，爲我停雲息影呢？

依傍青山一角的琴書齋，你的夢該是雲一樣的停息於蒼翠裏。這光景就像我五年前寄寓在芝岩之阿八坪青瓦紅磚的小築，那些輪轉的晝夜，山神呵護着一顆詩心，生意無限地滋長，當一身如洗接納那自然，心就赤子般的純貞投入，什麼牽掛都沒有了。今夜却在遠遠的南臺灣港灣，怎麼也割不斷一種絲絲縷縷的思念。對於你，總是擁有卞和抱璧的心情，爲石爲玉的是那堅持，憂喜與信念錯落於懷，縱然刖掉了那雙足，依舊信其所信，行其所行地訴諸這人世。

隨風一片閒雲意，猶是月明滄海情。
叮囑青山莫睡去，夜深仔細聽弦聲。

這首遣情之作，低誦者三，不知風絲能否爲我傳遞，或者雲片可以題寄給你，我想那脈青山該當在素手琴音裏，一直躺到天邊的雲層，縱然有夢，應是最清最幽的。

如果摩詰有詩，誰能讀出畫來，淵明有琴，誰能識得弦外情趣？大概所有孤絕之境，莫非都從這一層境滋生，其情之美，其意之溫，想亦芸芸衆生所遺忘的幽境。就像此刻廣東街的一角樓窗，孤燈如月，照映着過客的垂垂鬢髮，品飲着東坡這些千古猶溫的心血，其甘苦，其酸辛，一時攪亂了一團理不清的思緒。因而闔書，復題七絕於東坡詞扉頁：

新詞誰唱念奴嬌　夢裏猶聞赤壁潮
不信東坡懷古調　多情大半是離騷

東坡寫念奴嬌詞，豈眞獨好懷古，想必無限離騷，藉此一抒鬱結耳。

讀辛稼軒的鷓鴣天

不向長安路上行，却敎山寺厭逢迎。味無味處求吾樂，材不材間過此生。寧作我，豈其卿！人間走遍却歸耕。一松一竹眞朋友，山鳥山花好弟兄。

——鷓鴣天（博山寺作）辛棄疾

稼軒有一博山寺（鷓鴣天）一詞，其中兩句爲「味無味處求吾樂，材不材間過此生。」最令人激賞。大概寫詩，最難到達味外有味之境，而處世最難在味無味處自得其樂。人生的感受，似在有味復覺無味之間，就像品嘗一杯清泉，說它無味却有味可尋。這就是我們所說的「情味」，需要仔細品之，方得其眞情眞味。稼軒這位血性詞人，能在味無味處求他的樂趣，正因他自己原是情性中人，故而識得個中情味。

在中國詞人中，不乏文武兼修者，稼軒於詞才之外，尤對軍事藝術，有其卓絕獨運，他的詞情固然悲壯感人，一字一血一淚，揮出了他的生命悲歌，也成了南渡詩人中擲地作金聲的絕響。

惟其是一位純眞的詞人，故其心志之光芒映照於詞情音律而不滅！雖說他的時代未能展其才華，可是在詞藝術上，他却澈頭澈尾的表現了。「材不材間過此生」，其對自己之歸趨，我不能苛責其認同於宿命之論。正因他是一位詞人，亦惟有在「味無味處」求得浮生之樂，稼軒夫子自道，已覺其內心悲愴無淚無聲。他勘破塵世，所以他說：「寧非我，豈其卿！」他要自己按照自我的模式去過此生，「不向長安路上行」那條路在他的脚底感到最蹭蹬而艱難的，我們豈忍於批評一位英雄，一位詞人自陷氣餒之中。

他遊博山寺，看來並不怎麼賞心樂事也。走遍了人間塵路，和自來所有詞人心情一樣，難免興起了歸耕求隱之意。此一思想之興起，每每在無可如何之際，淵明之歸田園，眞不是一個最突出的典型。稼軒之境遇，想也抽身不得，反而嚮往着「一松一竹眞朋友，山鳥山花好弟兄」的生活情趣，此與「撫孤松而桓磐」是同樣的清絕，同樣的高逸也。

這闋「鷓鴣天」詞，我們可以觸及到稼軒的那一絲欲斷若續的心絃。那正是清秋的聲音，在他的詞集中，叩響了千古，也讓我們見到了一條孤絕的背影，迤邐在那寂寞的漫漫的歷史路上。

擬淵明飲酒詩

飲酒如飲鴆，憂心日以焚。一樽常相對，滿座盡微醺。垂眼憐阮籍，載醪訪子雲。而今皆已矣，私釀太紛紛。

——令野擬淵明飲酒詩

據說淵明先生解組歸田園之後，雖無連雲樓間，却有三徑草廬。於是作詩益勤，讀書雖不求甚解，飲酒却相當怡情。其「飲酒詩」竟陸陸續續寫了廿首，未曾發表了一個字，請朋友書之，以娛歡顏耳。陶公酒量不大，「孤影獨飲，忽焉復醉」此喝悶酒也。其寫詩則「輒題數句，辭無詮次。」這般毫無牽掛，眞個「縱浪」大化中了。

有些人一醉，莫不灌夫罵座，有些人一則青眼一則白眼的說：「禮數豈爲我而設哉」，說酒話，發酒瘋，莫非酒不醉人人自醉耶！古時酒非公賣，大都自釀自酌，還未聽說有一杯畢命的事。近來市間「假酒」氾濫，是否以甲醇造的那種「亡命湯」，讀了淵明的「飲酒詩」再來讀假酒奪人的新聞，實在不是滋味了。

李白也是醉仙，曾經認為「唯有飲者留其名」，好像飲酒之事才是千古之事，設若喝到「假酒」，豈不眞的「千古」了。安徽宣城有位善釀的紀叟，李白曾在皖南一帶旅遊，並且寫了幾十首詩，也交了許多朋友，紀叟善釀，想也是李白飲中知己。李有一首哭悼紀叟的五言絕句：

紀叟黃泉裏，還應釀老春。
夜臺無曉日，沽酒與何人？

「全唐詩」載有此首，惟一作「題戴老酒店」，詩云：「戴老黃泉下，還應釀大春。夜臺無李白，沽酒與何人？」不過第三句：「夜臺無李白」，這麼更易兩個字，益覺旣悼哭亦打趣也。而且不失為釀者和飲者之間情誼，低廻不已。紀叟固「私酒販子」，可是李白這位名滿天下的酒仙詩人，為他死後悼之以詩，復因李詩而垂名千古，何其幸耶！

如果淵明和李白復活於此時此地，不知道還想喝「亡命湯」否？或者續寫「飲酒詩」，可能要中斥私釀請命嚴懲了。寒夜寂寥，以茶當酒，懸想淵明心情，代擬飲酒詩以續貂之，未諳盡意否？

李白的「玉階怨」表現技巧

一般人論李白詩情，有如「黃河之水天上來」的氣勢，而在詩的語言和結構上，亦莫不奔放而俊逸。似乎他的作品未經雕鑿，一氣呵成。大致說來，他給予我的感受是如此的。可是當我讀他的「玉階怨」一詩時，他的精緻與隱秘却判若兩人：

「玉階生白露，夜久侵羅襪。
却下水晶簾，玲瓏望秋月。」

有人說這是樂府相和歌辭的楚調曲，不論它採用的什麼詩式，它所表現的乃秋夜閨人之怨，從白露到秋月，旣是深秋之夜的景象，也呈現了一個空寂而冷清的空間，玉階原本晶瑩剔透，甚至於也令人感到一種冰涼的意味，再增之以白露初生，那個女子悄立深夜，自然羅襪浸濕，夜涼如水，就有澈骨的清涼了。雖說未曾使那背影鬢額出現，但讀者可從羅襪想見到那位深夜未眠的女子，把人物隱秘於物象之外，而人物自在其中的感受，這也是古人最精緻的技巧。以至接着

「却下水晶簾，玲瓏望秋月。」這一連續的動態，更深入的表現了那個隱秘的女子心態。她不把水晶簾捲起來望玲瓏的秋月，却把水晶簾放下，隔着一層水晶簾子望着秋月，在時間上，她感到夜已深，白露生，羅襪涼初透，於是離開了那庭前的玉階，轉回到她的閨閣，可是人境與心境依然空寂沒個着落處，渾無一絲睡意，在如此其情無奈之際，惟有依戀着窗前，隔着水晶簾望着那碧空中的玲瓏秋月，這情趣比捲簾望月更具朦朧美感。空間及時間漸次的轉換，那女子也在這一時空轉換之中，她的心情就溢出了淡淡的怨思了。起始玉階悄立，也是想着那個人，待到夜深人未歸，只得空閨守望着一個玲瓏的秋月，因而結尾一句更強調了月圓人未圓的怨思，李白能在這些微細處着筆墨，讀來眞不像他的詩風，莫非眞個粗中有細，摸透了那個溫柔女子的心事。

全首詩中未見那女子面目，却在每一句中若有若無的都隱現着一個含怨不語的女子蹤影，這種表現技巧，在現代詩中還難一見，我想「玉階怨」在五絕詩中，有其獨特的風貌。在景物推移，時間轉換，心境變化，動靜互易上，乃一層疊的表現，既是現代錄影的技術，也是現代戲劇的演出。

只恐夜深花睡去

讀東坡「海棠」詩最末兩句：「只恐夜深花睡去，故燒高燭照紅粧。」東坡眞個是性情中人，把海棠擬人而移情，自己也成了海棠的「護花使者」。這般憐憫之情，仁者之懷，正是以詩人之心，爲天地立心也。

中國人一向以「海棠春睡」來比喻睡美人那種朦朧美感。此處東坡却作了翻案文章，生怕夜深花睡去，藉燭光映紅粧，則別有一番生意，一種閒情。睡着的海棠，總不如醒着的海棠動人，自有我見猶憐也。即以畫面論，東坡筆底的海棠具有律動感的，燭影搖紅，那色彩的流動，却非亂抹胭脂，強烈的對比，使得燭光下的海棠給人視覺的壓迫，銳不可當。這一筆着力直下推陳出新，益覺鮮活，東坡不費力氣地把海棠寫活了。也就是說他給了花的性情生命，使之永遠活在十四個字的語言中。

東坡在「念奴嬌」一詞寫赤壁懷古之情，奔放而飄逸，自是曠世豪情。他寫海棠，却從千絲萬縷的柔情中料理，非常之細緻。其詩情時而爲粗獷，時而爲細緻，也可見出東坡無論在剛或柔的情緻中，多能陳諸本色，不稍假借。柔則柔之，剛則剛之，兩者相濟，當是中和。雖說詩假語言表意境，惟語言技巧用之過當，則斧鑿之痕叢生，反而因詞害意了。其關鍵在於抒情之眞，遣詞自然。否則兩頭失躡，一無是處了。

記得有兩句詩：「惜花春起早，愛月夜眠遲。」春晨之花，當是鮮話，夜深之月，尤覺圓明。自然如此，人情亦如此，一般人所同感者。東坡愛海棠却愛深夜不眠之海棠，此愛人所未愛者，道人所未道者，抒人未抒者之情也。而此情之眞摯自然，却非一般憐香惜玉者所可比擬。在平常事物中，有其審察獨到之處，化腐朽爲神奇之功，非才情與筆力相互爲用不可。在同樣題材之中，創造逈異尋常有別的境界，而今我們從海棠一詩獲得了驗證。

文學作品，如果陳陳相因，則無非竹頭木屑。退之主張「陳言務去」，當不僅指的是語言問題也包賅了意境之創新。拾人牙慧者，只是一隻應聲蟲而已。今天的傳統詩與現代詩，其應致力者亦在此「推陳出新」上，寧可保有自己的一份眞摯自然情調，亦莫作東施效顰之態，寧爲情感的主人，毋爲文字的奴隸！

談兩首詠梅詩

大凡說到梅花，就想起宋人林逋，這位隱士居西湖孤山達二十年，以梅爲妻，以鶴爲子，可說愛梅之尤者。他的「山園小梅」詩，非體達物情者不能道出：

「衆芳搖落獨鮮研，占斷風情向小園。
疏影橫斜水清淺，暗香浮動月黃昏。
霜禽欲下先偷眼，粉蝶如知合斷魂。
幸有微吟可相狎，不須檀板共金樽。」

這首詩的「疏影」與「暗香」一聯，已成了歷來咏梅詩的經典之作，一再傳誦引用。這兩句詩，如不是與梅共處廿年者，很難達致如此清眞之境，純一之情了。因其與梅共生活的經驗，細心的觀察所得，在孤山之間，風清月白，對此疏影暗香，並窺及霜禽粉蝶的一番心情，然後傳達於詩，妙筆生花，自是高逸。

歷代咏梅題畫者不少，能有林逋之妙絕者不多得，所以不論以詩吟梅，或者畫梅題句，都須有了梅的生活經驗，方爲神品。否則寫老幹成枯槁，寫花瓣成圈圈。豈不俗了梅花也俗了人嗎？詩品畫品之高下，常常決定於人品之高下，俗人得俚語，不過爾爾。

最近天寒欲雪，正是插了梅花又一年的時分。遍讀歷代詩人畫家所有咏梅題梅詩，覺得李商隱「酬崔八早梅有贈兼示之作」一詩，亦爲唐代詩人中咏梅詩之著者：

「知訪寒梅過野塘，久留金勒為迴腸。謝郎衣袖初翻錦，荀令熏爐更換香。

何處拂胸資粉蝶，幾時塗額藉蜂黃。維摩一室雖多病，猶要天花作道場。」

商隱詩中用典頗多，其「謝郎」指南宋謝莊，蓋謝最美儀容，衣袖翻錦暗喩梅花之綻放也。荀令爲荀彧，亦稱荀令君，古人以香薰衣爲尙，而荀令過處，衣香久留，此喩梅香也。蜂黃塗額，用壽陽公主梅額粧事。次是尊者維摩詰有疾現身說法，文殊師訪維摩問疾，時室中有天女現身，即以天花爲散諸菩薩大弟子上而爲供養，事見「維摩經」，此乃以天花喩梅花也。所以詩中用典，宜恰切，且能象徵所寫事物，毫不牽強附會。如果牛頭不對馬嘴，不如不用典，故典活用，始能生色。絕妙好詞，信乎偶得，不是咬文嚼字所能爲功。

中國傳統詩，大多咏物之作，可見古人假以物象，寄托情懷，咏物亦自咏也。這個特色，亦表現了中國人的物我齊一的思想，一種民胞物與的文化精神。

題山水小品詩繫辭

一廬臨水曲，野樹抱山來。
彷彿幽人意，琴聲幾度迴。

——題牟崇松山水精品

年前崇松見贈山水小品一幅，其畫幅構圖，即如五絕詩中情境，因題其額，頗愜人意。永和居近鄰蔡醫師博夫，雅愛音樂與繪畫，故而割愛，以饗同好耳。

山水以小品最難經營空間，一丘一壑，一樹一水，其分布之自然，非大手筆莫之能爲。但山水小品非花木盆景可擬，盆景較單純，惟在繁複中求山水之單純融會於尺幅間，難矣哉！牟氏此作，野趣盎然，山水中僅置廬舍，其不寫人物，自有人物在，此亦意到筆不到也。取精用宏，乃小品畫之原則，猶如中國詩鍊句鍛詞，（並非剪剪裁裁，一番修飾而已）期以調理情景營造意境，誠有「撫四海於一瞬，觀古今於須臾」之感。雖小猶大，放諸四海則氣勢磅礴，納諸尺幅如在芥子。所以爲榜書者必精於蠅頭小楷，精於小楷者必能作榜書，書道如是，畫亦如是耳。「爲大於微，登高自卑」眞個「治大國如烹小鮮」也。斲輪老手，未嘗不可作雕蟲，所謂「壯夫不爲」實亦忽視了雕蟲小技之中有其闢天地磐古之大斧在焉！

小品山水，固爲崇松偶而信手之作，吾參觀其大幅山水，層巒疊翠，幽壑飛瀑，雲煙迢遞，林木森嚴，其筆觸之逼人，眞乃胸羅丘壑者。崇松始習版畫並寫現代詩，時以「曼路」筆名，此乃卅九年事也。嗣後專心於山水，牟氏籍屬廣西，其鄉山水之美，盡陶冶於童心；而今以卅年之點染，夢裏雲山，飛來筆底，故每一幅皆家山鄉水，自然有本。今世寫山水者，僅觀止於前人筆意，或師承一丘一壑之貌，閉戶臆度，絕跡跋踄，自是海市蜃樓，淪爲窮山惡水，殊少可觀者。司馬遷作史記，猶得訪名山大川，搜陳蹟佚事，史事求眞。孔子亦云，殷不足徵也，吾從周。蓋周的史料，尚可考之察之，故以周爲本。畫家胸次，如不能羅列自然萬物，毫端難免枯竭，卽殘山賸水，亦難取法。牟氏之畫，雖爲從名師遊，亦爲探索前人遺品，最難能可貴者，牟氏爲自己畫筆另創蹊徑，創造天地。且溫柔中見敦厚，溫柔則如水，敦厚則似山，融會了詩心畫境，使之物我兩忘。中國山水畫之難，其難在得意而忘形也。抒此淺見，並爲崇松山水小品題詩之餘，復繫以辭。

格律詩的語言

中國詩人有一個傳統，就是優於短詩，而拙於長詩，這個原因，大概不外於傳統詩之格律拘束了千餘年，同時鍛字鍛句的緣故，使得詩的語言，欠缺了疏放曠逸，一直向精緻而細密上致力。韓愈寫詩如作文章，但在當時的韓詩就難獲致多數人的苟同。所以觀念上韓愈是文豪而非詩人。

中國傳統詩中，以五絕五律爲最能顯示詩的語言之控制與運用功夫達於極致。在唐人詩中，可說都能善於經營。卽如韋應物的詩：

「浮雲一別後，流水十年間。」

——淮上喜會梁州故人

這一頸聯，十個字，要表現十年之別的情懷，他只用了「浮雲」和「流水」兩個極爲普通的意象來顯示彼此久別重晤的心境。

「浮雲」在我們的經驗中，乃一飄浮不定，聚散無常的形象，用的表現人的悲歡離合，乃是最爲妥切的。

「流水」，常常給人的感受：「逝者如斯歟」！而且流水的動態，正如生活奔波。

但詩人不說出他和他的朋友之別離，却只說浮雲，却只歎流水，把自然的現象反映於心境，再而營造了詩境，讓讀者從人境的經驗中走入詩境，這般的感受，是雙向交流的，時而是人境中的浮雲流水之象，時而是人生界的聚散之情。因而在那一別之後，在那十年之間，該是多麼複雜而悠長的。僅僅十個字，就緊扣着人們的悲歡。而且這兩句詩亦不可以分割的，蓋其關聯了浮雲的別恨與流水的生涯的情境之生發。

這可說中國傳統詩絕妙處，我們讀杜甫「春望」中的兩句詩：

「感時花濺淚，恨別鳥驚心。」

花與鳥也只是自然界的隨處可見的物象，杜甫却只加了「感時」和「濺淚」，「恨別」和「驚心」八個字，就使得這花鳥與人合一了。說它是人濺淚驚心固可，說它是花鳥濺淚或驚心，亦未嘗不可也。我們再讀岑參的「寄左省杜拾遺」詩中一聯：

「白髮悲花落，青雲羨鳥飛。」

這聯詩也是以「花」和「鳥」來擬人的，詩人看到花落，就與起白髮之想，而看到青雲，就羨慕那鳥的高飛，以花擬自己的落拓，以鳥擬那位杜拾遺的青雲直上，他和杜甫都用了花與鳥，兩者所抒發的情境却大不相同，而後者一悲一喜，一升一落；都見出了作者心態之變貌。

固然說這些詩句中，我們可以察覺到古人對於一字之斟酌，費盡苦心，而且並不在其一字之本身所含蘊的，它使得因一字之工而帶動全詩之生命力，這也就是古人所謂的詩眼，此一絕妙，在中國傳統詩中成了最突出的語言特色。而現代詩作者，未嘗不可以從這些語言的表現去學習。

談長詩創作

在我國傳統詩中，最長的作品首推屈原的離騷了，以後的詩人，雖也有敍事長詩，尚無出其左右者。這大概傳統格律詩，形式韻律諸多覊絆，使作者在言語放縱與思想騁馳上，侷限於那個固定的格子裏。同時，中國詩一向以鍛字鍛句爲尙，把詩思壓縮於最少的文字之中，因而詩風也影響了長詩的創作，長篇鉅製，難得一見。

不僅詩也，卽爲文章亦多精鍊，唐宋散文雖然擺脫了駢儷形式，韓愈或歐陽修的有些散文，比較起來要較子厚長多了。但仍然不及現代散文之瀟灑而長達萬言者。所以無論散文或詩，傳統作品都屬於小品，瑰瑋不足，精緻有餘。

關於現代詩，敍事長詩在大陸卅年代中，曾有長篇巨構，由於以故事爲經，故能恣意延展。惟其詩質，畢竟稀薄不足道。漫而爲一部分行的清麗的小說而已。此亦長詩、敍事詩之不易爲，其因在此。

卅年來，個人數度主持詩刊，每遇優秀作者，總鼓勵其從長詩創作發展，但縱觀卅年來詩壇，詩作者均於短詩方面，展其才思。近十年來所設置文學獎徵選長詩作品，雖取材甚佳，惟經始不工，或拙於氣勢之縱橫，或困於語言之控制，難免一段蕪布一段錦也。

今年得獎「大黃河」三百餘行之作，其所取材與主題之表徵，極爲新穎正確，如果依循作者最初之構想，優而爲之，應是一首最突出的作品，惜其後力不繼，未能全面烘托一以貫之，其中最大的滯礙，則是歷史與地理背景之揉合，未克臻於融會之境。這大概處理大主題，最易患的缺失，也是長詩方面最不易把握者。

本來黃河在我們中國人的意想中，乃土地、人民、歷史與文化最足以象徵的，如能像黃河之水一樣，一瀉千里，遠溯萬古，駕馭得宜，自是一首最完整最有氣魄的作品。然而作者在後段却導入傍流，至爲惋惜也。

我們如想從事長詩之創作，覺得下列數點，作者應該多予考慮：

第一：題材之擷取，一是詩的主題，一是所需素材，主題與素材之配稱，是否恰妥，由於是長詩，必須把握較大的主題，絕不是小品詩，所以材料必要豐富。

第二：語言之控制與表現，它不同於短詩，凝滯則嫌裹足不前，放縱不當自必散漫。所以長詩的語言，雖不是過於精鍊，但應收放自如，疏密有度。

第三：在未著筆之前，應有籌劃分佈，作適當的段落經始。所以有一個寫作大綱，可以按步就班，從容爲之。此可掌握全局，恣意縱橫。不致於前呼後不應，首尾難照顧也。

這幾點起碼是長詩作者深思熟慮的問題，至於敍事或史詩，對史事之嫻熟，必以故事爲一線而穿珠，則給人一個完整而鮮活的生命感。隨筆說之，或有助於長詩作者之屬稿耳。

我手寫我心

——從章太炎論文說起

太炎論文章，以典章疏證之爲上品，故曰：「文皆質實而遠浮華，辭尙直截而無蘊藉」。又曰：「書志之要，心在訓辭翔雅。疏證之要，必在條理分明。」如果以書志疏證的體例而爲文，則「敍事尙其直敍，不尙比況。」太炎之說，我認爲未免侷限了文章體例與表現技巧，如就論評之類文章言，尙可取其直截，明白如話，否則一切文章以敍述爲要，則寫小說如說故事，寫詩如寫日記了。文之質實無華，亦秦漢散文之主張，故韓愈之復秦漢古文者，亦莫不以此「質實無華」以及反駢儷也。太炎之說，源自韓愈之論耳。

「五、四」之後，古文漸趨式微，皆以語文爲風尙，太炎於此雖以典章疏證之文舉例，以申其說，而質實無華，亦爲「五四時代」之一貫主張。卽所謂：「我手寫我口」，講「直敍」，不尙「比況」也。「我手寫我口」，僅爲語言明白如話而已，對於一篇作品所「蘊藉」的思想之表現，難以藉語言之變化感動讀者之激發共鳴。因而「比況」之妥切，亦思想表徵之技巧。太炎固文章之大家也，然其未能了然於詩之語言表現，故亦不能了然於文章除「直敍」之外，當有「比況」與「蘊藉」也。韓愈寫的詩和他作的文章，繼而胡適承其說：「要須寫詩如作文」，太炎之論文章，其境界不過止於此一層次耳。

「五四」於今六十年矣，在此悠長歲月中，所有中國文學家，莫不探索而創新求變。因而對太炎當時論文之說，已覺不適切於現代人之創作。中國文學向以詩爲主流，不幸其以詩之表現用於凝滯華麗之駢文，久而久之，沉疴於質不實而文華，使中國的散文受到了損害，此因歷代文章大家，未能將詩之表現方法，化入於散文之創作中。唯一例外，司馬遷最能善爲用之於史記，惟後繼乏人，爲之倡導，亦千古文章憾事也。

我並非主張散文，寫成「璇璣圖」，需要讀者縱橫辨讀。亦非打謎語讓人猜疑，主要的融詩境於散文之境，化詩法於散文之法，藉以提升六十年來散文「我手寫我口」之牢不可破位置，此即「我手寫我心」第一門徑。

縛將奇士作詩人

大概中國詩教由於孔門之倡導「溫柔敦厚」與「思無邪」，在作爲一個詩人以及作品，均以此砥礪，莫墮薪傳。尤其在家國艱難之際，常常表現於詩心者，凜然天地正氣也。宋文天祥當其爲囚而棄市，猶以「正氣歌」一詩成爲其生命的絕響。

梁啓超氏有「談陸放翁集」題七絕四首，從「詩界千年靡靡風，兵魂銷盡國魂空」，而推出放翁「集中什九從軍樂，亘古男兒一放翁」。梁氏自註：「宋南渡後，愛國之士，欲以功名心提倡一世者不少。如陳龍川葉水心等，亦其人也。然道學盛行，掩襲天下士，皆奄奄無生氣矣。一二人豈足以振之。」，這束道學的繩索，不知拘縛了多少奇士困厄於道學的泥淖之中不得自拔？梁氏此一段註語，也正爲宋之詩風道出了全貌，所以他不禁喟然興嘆：「恨煞南朝道學盛，縛將奇士作詩人」！

放翁（一一二五——一二一〇）活了八十五歲，這位紹興詩人，年十二即能詩文，賜進士出身，曾知夔、嚴二州。他做過范大成的參議官，以文字相交。楊愼的詞品說：「放翁纖麗處似淮海，雄快處似東坡。」其著作有渭南文集、劍南詩稿、放翁詞、老學菴筆記等。享壽之高，作品之多，也是歷代詩人中罕有的。比他小十五歲的辛棄疾（一一四〇——一二〇七）這位立志復國的詞人和放翁是一樣的才華縱橫，且尤長於軍事，惜當朝偏安半壁，使陸、辛這兩位奇士，都成了「縛將奇士作詩人。」南渡人才不少，在文學事業上創造了輝煌一頁。稼軒詞，所表現的放縱與自由，及其浪漫精神，有「蘇辛」並稱，但在東坡之上。稼軒晚居江西上饒，復徙鉛山。他的「賀新郎」一詞，即仿淵明「停雲」思親友之意：

「甚矣！吾衰矣！悵平生交遊零落，只今餘歲？白髮空垂三千尺，一笑人間萬事，問何物能令公喜，我見青山多嫵媚，料青山見我應如是；情與貌，略相似。一尊掩首東窗裏，想淵明「停雲」詩就，此時風味。江左沈酣求名者，豈識濁醪妙理？回首叫雲飛風起。不恨古人吾不見，恨古人不見吾狂耳。知我者，二三子。」

放翁至老豪氣不減，而稼軒轉入了孤寂之境，眞有太白「相看兩不厭，惟有敬亭山」的意味了。

從一首端節俚詩想起

河裏龍船划，堂前菖蒲掛。
忽然一場雨，關門吃肉酢。
——涇縣端午俚詩

這首端午俚詩，不知作者為誰，我在六歲辰光就從父親口邊傳授了。到現在如用家鄉口音來朗讀，非常之傳神。即景即興，切入生活，所以它能隨同唐詩三百首而活在我和鄉人們的口邊，可以說它成了我鄉的俗文學了。

龍舟蒲劍，或者鍾馗版畫，多彩多型的香囊，想是端節的即景。那時節還沒有什麼「詩人節」的這個雅名。至於屈原這個人，還是後來讀「離騷」讀「屈原列傳」才想見其人。他是位擇善固執的詩人，身在沅湘，而心憂楚室，鄭袖惑於內，張儀欺於外，撤下了屈原的抗秦長策，讓虎狼之秦，一一呑滅。這個世局自是一個悲劇的落幕。忠姦莫辨，仁暴不分。你道屈原其可以苟全於道喪途窮？一篇懷沙賦，隨着他的忠肝義膽，逐汨水而沉淪。

不管當年的汨羅江的鼓聲，或者今天的海角鼓音，我們聽起來，好像在歷史的長河兩岸，擊打着悲愴的幽悵，可是這鼓聲畢竟是民族的節奏，絕不是滿街廸斯可的舞步可混淆的。這鼓聲一年一度的敲打，是否讓你聯想及龍族的先人，或者聞見那位詩人抗秦的呼喚？這個傳統的典慶，唯一的盼望所有數典忘祖的浪子回頭！

而今我也成了一個遠游的浪子，五十年前朗朗上口的一首俚詩，依然傳誦不絕。那般「忽然一場雨，關門吃肉酢」的滋味，猶留舌根，回味無窮。在臺灣隨時可以吃一頓粉蒸肉，但沒有陣雨驟來關門午餐的情趣。其中有親情也有鄉情，在歲月的流逝中，它是永不褪色的版畫。

想起終南進士鍾馗，傳說中他是最善於捉鬼者，不過一幅粗糙版畫像，就成了鄉人們所虔誠供奉的神。這種手工藝的印刷品，也是端節應景的民俗畫。捉鬼驅邪這個迷信的觀念，有它另一層象徵意義，似乎鍾馗的一幅造像，堂前一掛，鬼邪皆避。想到人類社會中，人何其少鬼何多？實在需要更多的鍾馗以正克邪，爲人除惡。

因而過端節也不僅是吃吃喝喝，在杯盤之餘，該當想及這個民族文化之發源，他所繁衍的文學和藝術，給了我們更豐美的生活和生命。

日人吟唱唐詩有感

日前日本女子唐詩朗誦，於西門大茶館以竹編織的小燈低垂的大廳上，她們大多爲中年人，所誦者爲七絕，其中亦有日人絕句，如乃木將軍，此人傾心於中華文化，但一武人舞文弄墨，唯皇軍思想至濃，滿腦侵華夢想。如其詩云：「踏破支那四十州」。戰後日人生活豐裕，一般主婦傾向於書道或文學，朗誦唐詩亦屬生活情趣之提升，可見日人對我中土文化有其傳統臍帶之連繫而無法割棄。其唱唐詩之腔調，想亦傳遞久遠，縱然當年日僧遊學上國，學詩習唱，或未能全部重現唐音，至今聽日婦吟唱者，多多少少或帶有唐人腔調。

去歲參與世界詩人大會，曾聞韓人吟唱，大多爲唐詩，字音雖已蛻變，增加了不少裝飾音，但仍可依聲探源也。韓日兩國今猶有漢詩寫作者，故唱吟之法，綿衍不斷，代有傳人。韓國元老詩人徐廷柱先生，平時不能以華語交談，惟讀余所贈五絕詩，其吐音咬字，依然清清楚楚中國發聲，蓋徐老幼年亦曾讀唐詩論語。因而詩道與書法在今天韓日兩地，猶自借火傳薪，尤其日人之熱衷此道，且其書道研究組織所擁有成員，據說有幾千萬人之多。

近年國內教授詩學者，對詩詞朗誦，亦爲有心人士着力推動，現代詩朗誦已成了較普及活動，偶而也有吟唱唐詩，相映生輝。然而我們書畫教育，僅依靠學院傳授是不夠的，這幾年民間設班傳授，蔚爲業餘學習風尙，一時趨之若鶩。惟僅是視個人生活興趣而爲之，較諸東瀛，遜色多矣！至於傳統詩詞，除了中文系修少數學分之外，極少有人傳承此道。至於吟唱，可說知音世所稀了。文化大學李安和教授，熱心於中國傳統詩詞之吟唱教學，蓋李氏專攻聲樂，對中國文字音質音色之特性，善於駕御與發揮，願其將此一絕響從教室推向社會，使此雅正之聲，廣爲傳播，則善莫大焉！

吟唱唐詩，並非藉此復古，其於生活情操之昇華與砥礪，有其音樂與繪畫一樣陶冶功效。每一座教堂及集會所，必有唱詩活動，崇高教義哲思每在唱詩中滋潤人生。宗教傳授尙知利用此一吟唱之道，今天的社教活動，爲何却付闕如，中國古代外交活動中，必使樂工唱詩，以溝通彼此政治觀點，可見我們老祖宗對於詩教之運用，可說無微不至，無往不利也。

詩是文學的源頭活水

三十年代作家中，我較偏愛朱自清先生，一般人誤以爲朱先生爲一代散文大家，豈僅此也，他對詩的鑒賞與批評最爲到家。我們讀「唐詩三百首」，每每忽略了朱氏的那篇指導大概。那些短文，已可窺一斑了。他是位飽學之士，從古典文學中潛沉旣深旣廣，且對現代文學復多創見。尤其他說中國文學批評始於論詩，蓋中國文學亦從詩始，而且漫爲江河。他的那本「詩言志辨」至今猶是無出其左右者。

今天從事文學創作的人，除了詩作者之外，可能極多數與詩無緣，甚而未曾稍事涉獵。而西方作家中，其能獨步藝壇，震撼國際者，又莫不詩、散文、小說甚至戲劇及批評，秉擅勝場。蓋詩在諸類文學之中，乃一脈黃河之水天上來的泉源，它等於金字塔的頂尖及基石，成爲三角形的輻射之能。如果捨棄了詩而就其他，則其所爲作品，極少有藝術水準了。詩就如此的成了文學的活水源頭，此一源頭枯竭，遑論文學價值！

有讀者常問及如果想涉獵文學，該當何類文學作品着手，唯一的答案：請從詩始。詩對於一個人的思想或精神境界，總比其它讀物長一格價的，也就是說先給予你的情操昇華和洗鍊。寫散文的如不涉及詩作品，則其散文旣不實且無華，至多寫成「我手寫我口」的，或者油腔滑調，巧言令色，甚而擦脂抹粉，珠光寶氣俗不可耐。所以散文之體裁，雖然運用至廣，如要寫得至情至性，發人哲思，則却是難事。朱先生的散文之所以如他的大名「自是清眞」，可能得力於古典文學之淵源，尤其於詩的浸淫，助益最大。從語言思想到結構，均極爲嚴密，且又活潑，標出了他自己的一貫風格，在三十年代中，似乎他最能以現代語言表現的一人了。

我們知道詩在唐代三百年，最大的成就是語言與節奏，惟一遺憾的乃是一定的格律形式囿限了詩想。六十年來詩是自由化了，可是過於自由而不自律，則過之而不及，成了語言的浪費。散文亦復如此，三百字可以寫成的，却拖拖拉拉寫成了三千字，甚至萬言，滿篇廢話。不知所云！中國詩一開始，卽講求精緻，凡受過詩訓練的人，應該「惜字如金」，朱自清先生他最精於此道，因而他的作品至今猶是最好的範本。

種的是嘉禾，不是荊棘

——讀「現代小說座談」紀錄有言

十二月一日的「西子灣」，發表了「現代小說座談會」的全部紀錄，與會諸家發言中肯，就事論事，非常落實。其中論及「背海的人」那篇小說，繼「家變」之後又一怪誕之作。尤其發表這篇小說時所標榜的「副題」：「對現代小說沒有信心的人不要看」，這句話想是副刊編輯一種招徠吆喝的說詞，我雖然不寫小說，却對現代小說仍寄以莫大期待之情，不過讀了「背」作之後，敎人眞有對現代小說喪失信心的。我想文壇諸家，這多年來的小說創作，應有它的「厥功甚偉」，不是一篇壞作品，而否定了多數的好作品。這等於說現代詩，由於少數壞詩，而說全部現代詩都是壞詩。

文字語言是作品主要的媒體，如果語言有了障礙，豈不是封殺了整篇作品？「背」作首先犯了語言的障礙，反文法，反詞性之餘，尤其在小說之中，乃是自我凌遲，面目全非。現代詩的語言，也有用了各國文字組合者，但這種嘗試，畢竟不是正途，走死巷、鑽牛角，註定了此路不通。現代人寫現代小說，採用的也是現代人生活語言，無論描繪或對話，愈樸實愈是鮮活。蓋小說之「說」，是表現，也是傳達，如果夢囈式的語言作爲小說的語言組合，那只有解夢人一種盲者摸象的感覺，弄不清頭尾了。

讀「背」作最令人惶惑的，是作者曾經受過高深教育，且爲人師，竟而對中國文字之駕馭，如此南轅北轍，讀這個作品，好像是外國人用中文翻譯的或創作的，絕對想不到出自大學講壇上的人之手筆。可是國內批評界，並沒有給予嚴正的批判，大家却以鄉愿之情，容忍了這種怪異現象，說是美德，其實亦德之賊也。不要因小惡而姑息之，多少年輕讀者，在積非成是之中，以爲此即「現代小說」，其貽害之深，不僅攪亂了文字語言的規律，也造成了贋幣驅逐良幣的後遺症。

我想「西子灣」舉辦現代小說座談，讓大家公開討論和批評，旨在關懷現代小說之前途，不容魚目混珠，或者因噎廢食，此亦副刊對文學建設應有的社會責任。今天的副刊眞正具有高度文學性的已經不多，由於前二十年的副刊所作的偉大奉獻，始有今天文壇欣欣向榮的氣象。副刊地位之提升，在於文學作品是否提供了豐美的精神食糧，但願此一園地，種的是嘉禾，不是荆棘。

人境與心境

自宋以後，詩評家莫不樂道淵明「飲酒」詩，尤其「采菊東籬下，悠然見南山」兩句，表現了「心境」與「人境」之間的距離美。淵明把詩境拓開到自然界，而使人境與心境延伸了更廣濶深邃的領域。山水是表現老莊意境最突出的形象世界，一種恬淡寧靜的情趣之中，調合了人境、心境與詩境三者，成爲渾然的世界。在中國傳統詩人中，淵明與屈原最善於把思想溶入感情與意象的傳達上，然而神奇的傳遞中却是無迹可求的。

詩之營造本屬一個神秘的世界，淵明所見的「南山」，當非人世的南山，宋代詩人對於「南山」在淵明生活世界中寄跡之所，頗費苦心的搜證畢竟是枉然的。如果把「南山」當作人境解，我們則就大大的隔於陶詩的設境用事及遣詞了。其實此一南山只是淵明「心境」中一個嚮往的世界，寄託的所在而已。蓋「采菊東籬下」人境也，繼而「悠然見南山」乃心境也；前者實境之延伸，而淡然忘我於後者虛無之境。虛實互爲異位，互爲象徵，這也是淵明詩中最神秘的營造。如將此南山作實境看待，則還不如他的「衆鳥欣有託，吾亦愛吾廬」之自然。淵明詩看來質樸不華，可是就在質樸語言中，就藏有他的思想之蜜，讓人久久囘味其甘。卽此「采」句，原本平淡無奇，但在「悠然」之間，却豁然開朗出現了一個亘古未有之化境。東籬采菊，尋常事也，但在卑微的東籬之下，瞬間邁入了崇高不可及的南山，此不僅聯想之神妙，亦表現之特殊力量。

「化腐朽爲神奇」，在藝術創造上，就是一種出神入化之境。詩人亦人世生活中一份子，其所遇無不腐朽陳迹，但其所感於心境者則與平常世人懸殊，他不僅經過了營造的心路歷程，審察或批評，並要以其獨有的生活哲學爲之醞釀，渲染於個人的生命情調，訴諸於智慧與意象的美。所以說一首詩的完成，也就是一種美的完成。我們品味「采」句，從物我之間所產生的神秘感受力量，絕不是止於「秋菊有佳色」而已。一花一世界，在淵明的詩心裏正是「此中有眞意，欲辯已忘言」了。這並非像佛家「不可說」，那樣故弄玄虛，美感經驗在我們生活中隱現無常，只因人們爲人世的腐朽所拘泥，而不能卓然自拔，出諸淤泥，讓心的淨土上開放一朶靑蓮罷了！

何勞絃上音

中國詩，從「卿雲」「擊壤」開始卽多多少少帶有「歌」的色彩，也就是很講究語言節奏的。故孔子刪詩三百，無不弦歌，求其正雅耳。其放鄭聲，除了內容淫靡，想有欠雅正聲律，亦一主因也。詩至樂府，更進一步的成了演唱的樂歌。唐之律詩或宋詞元曲。詩與樂的結合益爲密切。不過唐宋詩詞，有些雖也合於樂律，但畢竟詩的內涵詩思縝密，不僅是聽覺的，也是感覺的作品了。

今天仍有爭議於現代詩汰棄了音樂性，而且在語言形式上已沒有固定的規律。這種看法依然自陷於五四初期的徬徨一途。事實上，今天的文學早已脫離了幾千年韻文枷鎖，而以自由的散文語言來表達現代人的生活感受，這未嘗不是語言的生發蘩衍必然的結果。現代人面對的生活，事物繁複，思想敏銳，其傳達工具或媒體，必也隨之蛻化，文字雖然看來無甚變異，其實它所表達的層次，或賦予的新義，則有極大的懸殊。因而散文語言轉用之於詩，自亦合乎文字語言的法則。至於韻律之不拘泥有形的格局，蓋取精用密於自然旋律。每一首現代詩朗誦起來則有其不同的節奏感。唐宋詩詞雖有固定韻律，但朗誦起來總是千遍一律。詩的內涵思想感情，未能湊泊朗誦者所感受而發出不同的「感情的旋律」，唐宋詩詞，恍如流行歌曲，以新詞填入舊曲，聽來還是老調重彈耳。現代詩已排除了此一形式的束縛，進而使思想與感情融入了鮮活言語本身具有的節奏，這種韻律，可說是「天籟」，而這種感情，亦「人籟」也。

當然，我不完全否定傳統詩所具有的韻律之美，蓋中國文字的組合的詞句，它就給人以形、聲、義的諸種感覺。所以我一向認爲中國文字是最適於寫詩的文字。現代詩人當其創作時，如稍具心思用於詞句的組合，把握住形、聲、義的諸種相因爲果的關係，適切的駕馭，則文字韻律的美感，也一樣加深了詩讀者的聯想力，和心靈的感受。語言的洗練，文字的選擇，雖屬詩創作之小道，但亦不宜隨手拈來，草率成篇也。思想總是詩的主人，文字則是詩的奴僕，絕不可以反奴爲主，死鑽韻律的牛角尖耳。一首好詩透過欣賞，正是一次再創作，亦卽是詩的文字都成糟粕，詩的意境卽成美酒了。

雅不願鼓勵人去寫傳統詩，蓋傳統詩求其至高至美之境，不易也。傳統詩留給我們的遺產至豐，但如就詩論詩，則每一代大家，好詩亦不多見，但畢竟爲中國詩作了不斷的嘗試，其心路歷程之艱辛，眞如杜甫說的「至老漸知詩律細」。至他秋興八首之最後一首末句：「綵筆昔曾干氣象，白頭今望苦低垂。」老杜對詩律之工，冠於羣倫，他尙覺老而不中用，不勝白頭低垂之感！

當然詩與歌在今天更是相去遼遠，我還是喜歡淵明說的：「但識琴中趣，何勞弦上音？」這句話正是我對古今詩的欣賞態度！漁洋說的「弦外音」、「味外味」，應是現代詩或傳統詩所追求的意境，把人籟融會於天籟是也！

詩與音樂的離合

月之上旬，曾參與碧潭「水調歌頭」之夜，小舟兩艘，時而並航，時而分駛，在靜靜的潭面，來來往往。舟中張燈籠兩隻，人語槳聲，如入夢境。與遊者有詩人、歌人、作曲家，這樣的安排無所謂第幾類接觸。主人備有酒肴飲料，以助雅興。此亦彷彿東坡遊赤壁，少逸流觴於蘭亭。不過水上之會，却以詩歌分合爲話題，各抒清議耳。

中國詩的歷史告訴我們，它是最早的一種吟唱的文學。詩經就是十五國風，最普遍的民歌。說詩經的句與行，其首尾重複，亦可想見易於人們口邊傳唱，不必照本宣科，而能一學就會的形式和韻律。後來兩漢民間樂府，南北朝的吳歌西曲，以至唐人絕句、宋詞和元曲，甚而那些雜劇評話及今天視爲國粹的戲曲，無不是以詩爲之珠串，而和以音律的吟唱作品。可見中國詩與樂的結合，也綿衍了、豐富了文學、音樂與戲曲的藝術。

詩與樂，我們說它分分合合，也是很自然的趨勢，當詩人們參與了音樂工作，詩就成了社會大衆生活一部份，必然寫歌詞的人，要照顧到社會大衆接受水準。因而這種詩和音樂，無形中走向了民歌行列，甚至詩人們也學習了民間流傳的民歌形式。可是另一方面，詩人也在追求純詩創作新境，它不一定要依附音樂，詩發展至此，它就與音樂分手了。唐詩的律詩是純詩，唯絕句可入樂，宋詞也有許多不能入樂的，甚而雕鑿於典麗，成爲純欣賞的作品。詩與樂的離合，可能關係到一時代之創作風格。本來中國民歌也有「徒歌」的，不配樂的，所以「我歌且謠」也可看出詩經作品不是盡合之以樂的。我想詩之唱與吟，大概也是指的有樂與無樂的區別。凡吟詩可獨自吟之賞之，惟唱詩則和以樂永其聲，甚而手之舞之，足之蹈之也。

今天談詩與音樂重歸和合，我覺得無論詩人、歌人、作曲家，應該注意到音韻學之修養，否則離開了韻律的自難成歌，那只不過一種「吟」罷了。目前的所謂「校園歌曲」製作粗糙，無論詞與曲都未關心到音律問題。所以荒腔走調，傖俗之詞，還不及俗文學之樸實也。當然今天有許多人從事民歌音樂者，畢竟民歌的生命不是「試管嬰兒」，它是土生土長的俗文學，也可說是天籟、人籟、地籟的綜合藝術，我們如果不從這方面去認識，則我們一起步路就走錯了。

從作文題想起

命題這件事，說容易亦難事。尤其爲九萬多大專聯考生擬個作文題，就不知如何是好。今年的「燈塔與燭火」。好像照亮了許多人的眼睛，一致叫好。這個題目，固可「有容乃大」，亦能「微言知著」，以一個高中畢業生語文水準，該當勝任，不致是摸不着頭腦的丈二金剛。

年輕人寫感性文章，自是當行。惟目前高中作文，還自陷於議論文的泥淖，其次文言重於語體，國文課本所選者抒情文亦極少。在這樣的學習中，原來那點眞情至性，亦爲扼殺殆盡。恐怕考生遇上「燈塔與燭火」，也難抒發其情其思。我覺得今天中學教育最缺乏的是情感教育，這個問題所涉及的不僅是寫好一篇抒情文章與否，而是一個青年情感生活無從獲得適切的涵蘊與抒發。至於人格塑造，情性的誘導，意志與思想的洗磨，在中學教育這一過程中，似乎我們忽略了最基本的因素，那就是情感教育。

近年來青少年犯罪事件迭增，暴戾之甚，已超越了他們的年齡。家庭裏旣乏天倫情趣的享受，學校裏又少情感教育之輔導，他們的心靈日益枯槁，習染於社會的功利得失，這究竟不是我們所希望的社會未來主人。所謂情感教育，也是培養對事物關懷與憐憫的教育，亦即發乎情止乎禮義的仁愛教育。擴大一點說讓一個青年對人生，對社會，對世界認識，從中學時代起就當建立其正確的觀念。而這觀念之建立，首先是煥發其情感，活潑其思想，缺乏情感，則對事物漠不關心，沒有思想，則成了渾噩一生，缺乏明辨的能力。情感與思想相結合，始有其作爲。

我們不是冀望每一考生都是錦心繡口的倚馬之才，我們只希望青年們從文學藝術中陶冶感情，孳育愛心，疏展思想，因而中學的藝文活動似應普遍加強，而國文教學，亦當注視到情感與思想的啓導。這幾年我們政府、社會莫不重視民族文化之重建，如何把文化之根，深植我們青年思想生活中，使血統、道統和法統衍生並茂，中學教育乃是最重要的起點。

燈塔固是人生的航向之指引，燭火也是最黑暗中愈見光明。我們亟盼情感是這些人生之光的能源，而思想就是嚮導人生旅程的提燈！

談民俗與鄉土

嚴格說來，鄉土文學應該歸屬於民俗文學之類。是一種傳說、神話、風俗、民情最本色的表現作品。時間上雖較遠久，惟空間上仍有其侷限。不過一個民族文化的形成，少不了積集許多區域性的鄉土文化，凝為一個民族文化體。它的樸拙與眞實，恒為鄉土文學的特色；其內涵材料也最能表現生活，顯示了社會特性。

詩經三百篇，以十五國風為表現對象，今天我們讀這些詩，雖說經過了文飾而非原來口邊流傳的作品面目，但仍然保留了當時社會生活背景，在這些詩篇中一一映出。理想與寫實在三百篇中交互使用，已達至高度的技巧。因而我們說詩經是鄉土文學，或者說民俗文學，都未嘗不可。因為詩經也包賅了民俗文學那些最基本的調子與色彩。主要的都來自淳美的生活，且賦予樸素的理想。

三十年來在臺灣所發展的民俗文學或藝術，似乎文藝工作者還未能盡其責任，奉獻智慧，使此一屬類的藝術，作到賦古典以新貌也。四十年代以至五十年代之間，大致上是鄉土的依戀與回響，我在文學作品中，不難觸及到這些顫慄或激動的情感與形象。隨後作家們致力於突破形式與內容，也有了嶄新的蛻變。眞正的鄉土或民俗此一寶藏，本是文學藝術取之不竭的遺產，可是我們年輕一代對於鄉土或民俗文學，未能有深入的認識，其創作成績不豐，甚至於只是皮毛而已。如果以臺灣民俗爲素材，其與大陸各地民俗文化乃是血脈相連的共繫於一個文化體。只因不識文學的鄉土廬山眞面目，而忽略了那樸實的本質，最是惋惜的事。

近幾年來讀到的所謂鄉土作品，總覺缺乏那份醇美鄉土氣味，甚且有些作品，假鄉土之虛名招搖吆喝而已。難免教人聯想及三十年代後期中一些傳播邪惡思想毒素的作品，以鄉土或民俗的糖衣，使人在無意中飲鴆止渴，陷於思想的迷幻之中。雖不願具有此種聯想，惟中共數十年來思想滲透技倆，依然採取這些間接路線，因而我們從事文學藝術者，或愛好文學藝術者，應有辨別自覺的明智，不過眞正的鄉土或民俗文學藝術，它總具有「思無邪」與「溫柔敦厚」這些條件，而此種作品，具有不朽的藝術價值，也是人性中所衍生的作品。

第二輯　是爲序

「是爲序」

王右軍在晉永和九年蘭亭之會，一羣騷人墨客，飲酒賦詩，四十二人中，也有未當場交卷的，落得罰酒一醉。王氏管領風騷，並且寫了一篇所謂蘭亭序，不僅文章好，書法更好，傳爲歷史的佳話。這樣的序文，固屬文學的，也是藝術的。蘭亭之會，本來就是一次文學活動，當時寫的詩大多是詩經這一類四言的詩，五言的詩還在萌芽。不論如何，古人在休閒活動上，有此高層次的境界，就現代人來說，已成鳳毛麟角了。我非厚古薄今，事實是如此。

中外作家，每集帙成書之際，必然爲序於卷首，開宗明義，指出作者一條心路歷程，便於讀者探水尋源，這番美意無可厚非也。惟有請人作序者，一種是品評推介，一種是踵事增華。因而序之爲文，則斯文掃地矣。此外爲人子者，集先人之遺文，乞名流爲之序，而序竟不出自名流手筆，每由秘書之類人物捉刀，故有文不對題，畫蛇添足之病，難得發其幽德靈光也。此等子孫，不免罪孽深重！可眞是未讀父書者！

有些出版社印行叢書，每有一篇總序在卷，甚至翻印古版書，亦照例爲之，如此總序，莫不牛頭馬嘴，有時眞嫌他佛頭着糞也。所以我的朋友愛書如命，每遇某書局印行古版書卽欣然購之，一看主持者之總序，不免撕之匯之。像這樣「是爲序」之濫觴，豈不是「佛頭着糞」？

代人爲序者，時有「印象派」出現，此等手筆，輒從作者自序中「抓藥」，至於全書閱讀與否，則與代序無關，你寫你的文章，我寫我的序文，兩不相干。這等代序，類皆廢話。此外也有一篇序文可能文長超過了作者本文，這樣「喧賓奪主」式的序文，豈不是當着和尚罵禿子！固然爲序者「詞源倒瀉三峽水」，但總覺得頭重脚輕了。

說來自序或替人作序，亦一艱難事。千言之文，可見梗概，亦品亦評，毀譽兼之，這樣言之中肯的序文，畢竟不多。說文人相輕，大多表現在批評文字中，惟替人作序者，率多捧場一番！此乃序文之八股也。

如果選集古今名著序文，印成一本書，定是洋洋大觀。我這個構想願意奉贈出版界，不取分文，包君萬利！

序「雪花的約會」

六十五年十一月二十五日，中華民國現代詩人訪問團，應國際筆會韓國筆會之邀，抵漢城訪問一週，同年十二月二日轉日本，小遊三日返國，同行者有我和洛夫、羅門、張默、辛鬱、楚戈、商禽、菩提、梅新、方心豫等十人，歸來各以所感，發爲詩文，結集爲「雪花的約會」並附錄韓國元老詩人徐廷柱先生等作品，承天華出版事業公司印行，創歷來文藝界出國訪問集體創作新頁，亦中韓文學交流第一回合也。

初雪之後的漢城，韓式建築的雲堂旅社裏，我們客中作客，夢外有夢，如在江南，如在北國。板門店之訪，益使人感到這個多難興邦的民族，亦如我們堅忍圖成，共赴時艱的戰友。而所接觸的詩壇人士，無不深受東方文化的薰陶，獲得社會上普遍的崇敬。他們的勤奮創作，謙恭爲人，其精神泉源，可以回溯到每一文物的古風遺蹟。而現代文明面貌，並未由於機械的喧嘩而失落了屬於自己的歷史的呼應。

詩在今天的韓國，雖然也有傳統與現代之別，惟對一位詩人與詩作品，無不視爲最莊嚴而誠敬的事。此一莊敬的情感，可見諸矗立的詩人紀念碑上。

此行最令人難忘的，在我漢城大使館中舉行的中韓詩人座談朗誦會，爲設館以來首次中韓文學活動，孔秋泉博士主持其事，更爲出色當行，韓國詩人許世旭博士可謂之爲中韓文學的「媒人」，他對於我們組團訪問，盡心竭力的安排，達至了最圓滿的境地。

「雪花的約會」這個集子，雖然是漢城行踪，但也是中韓詩人的相愛相敬的心跡，其中部份作品由許世旭博士譯成韓文，已在韓國重要文學刊物發表，現在集結印書，把我們各人的感受既分享國內讀者，也答酬韓國友人。希望藉文學的交流，進一步促進中韓邦交的敦睦，這也是彼此「詩之餘」的一個懇切的期盼。

序「今天走向你」

魏端兄以「端木野」筆名寫專欄，想也有三十餘年的事了。積稿盈千百篇，未曾結集成書。他是老報人，「到處逢人說項斯」，却始終不善於「傳播」自己。其虛懷若谷，眞謙恭君子也。

我常常有一句話：「作好人，寫好詩。」蓋讀其文想見其人也。作好人，正是參與社會生活，審查羣己關係，求其和諧，善與人同。關懷與同情，出於一個愛心，明於是非，嚴於邪正，此批評應有之情操，亦作家人格之表現。魏端兄以其嶙峋風骨，仁者懷抱，在每一篇文字中賦出了他的生命情調，深得春秋之大義，永遠追求着一個萬變不渝的眞理！

去私慾，彰天道，天道卽人道也。人道不彰，則魍魎橫行矣！人性光輝充盈於人類，呈現的則是一個光明正大的世界，魔性氤氳繚繞的社會，呈現的則是一個黑暗邪惡的地獄了。文學昇華了人性的眞摯與善良，對人世的批判，莫不是鞭辟入裏的針砭。專欄文字，短小精悍之中微言知著，魏端兄以其深入淺出，樸實清眞的風格，遣詞陳義，無意中而言外寄意，直得溫柔敦厚之旨。「今天走向你」，凡百有三十餘篇，憑其老報人的靜觀深思功力，建立了他自己的批評格律，這些文字選自千百篇中，包賅了文學藝術與人生；採擷精英，作燦爛的展示，成一家之言。

「今天」總是新鮮的事物之誕生，而這些事物始生之處，就不是貴耳賤目者所能探索，惟有大智大慧者始得神會心悟。當下人生界本是一片茫茫迷津；一葦可渡，一燈可燃，不僅度已亦度所有迷茫人！所以「今天走向你」，一個新天地爲你開啓，一切美好爲你滋長，這是魏端兄最苦於心志的，他把眞純的愛播種於他的文字，他的心血就像擊打出磐石中的清泉，釀成醴酒，願與世人共享芬芳！

辱承寵愛，囑爲序之。恒念世俗中巧言令色者衆，而文壇有鯁卽吐者少，讀此集不禁爲之蛩然心喜。所謂可與言而不言，謂之失人，不可與言而言之謂之失言，願爲讀斯集者略陳數語，言序則不敢當。

——拜書於辛酉夏末永和居

序「梅花手記」詩集

閔垠詩人數年前出版了「飛揚的山脈」，我曾爲之序，我說「閔垠是一位勤奮的而誠摯的詩工作者，他的步子，在詩的歷程上；劍及履及的邁過。」而今他的「寒梅手記」即將付梓。再度要我說幾句話，我想他的勤奮與誠摯，印證於他的詩生活上。

「飛揚的山脈」，大多對自然的涉獵與接納，對人境的探索與靜觀。在他的冥思之間，構造着他們嚮往的世界。而「寒梅手記」，從他的自序裏可以觸及到人子之情，在摺疊的歲月之中，永遠是一盞心室中的青燈，一瓣不滅的心香，卽憑此情懷，其感染於人老天涯的遊子，該是碧海青天夜夜心那一般牽掛了。雖說這個集子中的作品，因友情的激發，而綻放爲母愛的芬芳，亦如寒天欲雪，古梅將放之際，那一種溫柔與敦厚鄉土之愛，在他的筆底毫端，一一流瀉或凝集了。

這個集子所收的都以咏花爲主，另外收進了一些其他的作品。而以「寒梅手記」命名，正如自序中所述，其萱堂寫梅，而家園遍植梅花百本，我想他的鄉心裏總是自問着綺窗之前「寒梅着花未」？這不僅是那些寒梅的繫念了！今天的故土上，正期待春陽解凍，寒梅的堅忍，也象徵着所有傳承民族文化種籽的人，風霜冰雪不足以摧殘其傲骨，動搖其志節的。花品猶人品，一如我的詠梅詩句：「喚醒花魂喚國魂！」

我總覺得抒情詩，其情貴乎眞摯，矯情則失之造作，自傳統詩以至現代詩，莫不以抒發眞性情者爲上品。且抒發眞情之作，不以技巧勝，一經技巧則見斧鑿之痕。時下許多人以爲抒情詩揹了一種傳統包袱，其實天下最難言說者「情」也。況訴諸語言或文字？則更難矣！人之爲人，誰能作太上無情耶！

閔垠詩雖說藉花抒情，實亦寄情於花，感性於物罷了！柳永「雨霖鈴」詞云：「多情自古傷離別，更那堪冷落清秋節！」只此兩句，已說盡古今來人間爲情所苦了。辛棄疾的詞說：「我見青山多嫵媚，料青山見我應如是，情與貌，略相似。」因而閔垠集中諸詩作，亦莫不如此，又豈是一個情字了得？

序「感覺」羅行詩集

我接觸羅行的詩，應溯自「現代詩」，迨至「南北笛」在四十六年詩人節嘉義商工日報創刊，這段期間，「感覺」尤深。我來臺北後，「南北笛」改由他主編以單行本出版僅四期，雋永幽美的笛聲遂卽戛然而止，竟成絕響。而今這份詩刊當時的作者，林泠、鄭愁予、楊允達諸君遠旅歐美，其餘的還在國內詩壇上，挾筆載歌，綰領一代風騷。

二十五年，這一串歲月在人生的路上不算短了，而且那是最黃金的閃爍，青澀的詩心，倍覺甘美。二十五年後，彼此都霜白了雙鬢，那堪回首，數落前塵呢？不過作爲一位詩人的心地上，總是升起晨曦的萬丈光芒，煥發着人性最初的情愛；因而詩人和他的詩生命裏總是永遠有一個春天在流動，天地之情，萬物之愛，就這樣滋養而繁衍。羅行這多年來，雖然在現實生活中歷盡艱難與憂傷，惟詩心在諸多的經驗世界中。其所「感覺」者至深且廣，故發而爲詩，則無不植根於生活，溯源於生命，結出了人生的果實。我們現在讀他的「感覺集」，就能感覺到他的筆端情根慧果所裸呈的心路歷程。

羅行從事的是法律專業，因而情、理、法這三個環節是他謹循的原則。文學作品當然也不能例外，蓋一首好詩，總包賅了情味、理趣，和有一定語言的法度，規範之，表現之，此早於陸機「文賦」中曾強調過「詩緣情而綺靡」，「賦體物而瀏亮」。在此三十年間，現代詩受人爭議的也就是語言問題，有些詩人們爭妍鬥奇，恣意翻雲覆雨，讓讀者墜入五里霧中，迷陣魔障，終使自己的詩心囚於陷阱，這可能是現代詩史上的「黑暗期」。羅行由於攻法律，對於語言學是嚴謹的守護者，所以他的詩語言絕不受「黑暗期」的迷亂影響而自亂章法。當然他的語言系統並非是一成不變的，惟其求變於漸，求正於常也。此一詩之正與變，乃是文學流向中無可避免的，唯一避免的不要作因風而舞的柳絮，逐水而流的桃花，其顛狂與輕薄，有違於詩之正變中之術之常，那就有害於詩的情味與理趣，也扭殺了詩的生機，只是零落的一片柳絮，一瓣桃花而已。在我們生活中藉以表達思想的語言與文字，有其漸變與持常，由於文學語言在其創造中正也賦予了生活的語言與文字的生命活力，詩人在此一方面乃是語言的鍛鐵匠與鑄造者。即如「薄暮」一詩：

一顆星升起了，
大地啊，
寧靜如我。

短短的三行，每一行用字僅三個字至六個字之間，他以最經濟的邊際效用原則，使三行詩凝合了一顆星，一片大地，一個我，成爲不可分割的宇宙。而其所表現的寧靜世界無分乎星、大地或我，永恒的存在，無限的包容。在此一寧靜中，天地交感，物我雙暢，充盈着中國文化中的天人哲思。雖然它只是「薄暮」的短暫景象，也是人所共有的情境，他却擷取了中國傳統詩的表現方法，爲我們作了精緻的表現。如果我們讀者，不爲尋常詞彙而忽略其詩境，則所興會的絕不止於文字層面的感受了。

羅行的詩最爲質樸的，他不屑於花言巧語，他表現其所認知所感覺的事物，一種素描，毋須假藉色彩爲之妝飾；細緻的詩思以其纖纖的白絲牽引而來，就是無色勝有色，無聲勝有聲的羅織其中，從它的誠摯感情流動中，去感覺象外之意，絃外之音。三十年來，羅行就如此表現他自己的本色堅持了歸眞返樸的詩風，這本初集足以令人去感覺去尋味了。一位從高中時代開始寫詩，遲至五十邊緣出版第一本詩集，正當世界詩壇新古典主義詩風復萌之際，姍姍來遲的「感覺」問世，雖遲猶未爲晚也。想到李商隱一聯詩：「天意留芳草，人間愛晚晴。」該當爲他高歌，浮一大白！

補序兩本雜文集

——「千手千眼」及「見山見水」

水牛和大林出版社印行我的兩本雜文集：一爲「千手千眼集」，一爲「見山見水集」。幾年前曾由水芙蓉出版了一本叫「必也正雜文集」，「必也正」乃我寫方塊用的筆名，出書時就把它名正言順的當做書名。這個集子好像已絕版，坊間已難見得着。

現在大林一次推出兩個集子，好像是孿生兄弟。當時付印匆促，來不及寫序，而且一舉兩書，這個序也無從下筆，索性就讓它印了再說。現在書已上市，我得有些話要向讀者說一說。

從少年開始接近文學就是詩的起站，而且一直走在詩和散文的路上，十多年前偶然寫方塊，連連續續寫了這麼多年，選擇了一些作品結集，這也是我自己意想不到的事。大概寫詩久了，總喜歡短一點的東西，如果廢話太多，我寧可藏拙。韓愈這位大家，他的文章可說得上「詞源倒瀉三峽水，筆陣橫掃千人軍」的，可是他寫的「極短篇」雜說文長不到二三百字，却有他的嚴整的結構，突出的思想，爲雜文立了一個典型。這是他在思想上的展佈和文字語言的運用，有其獨到的風格與情調，所以雜文這一類型的散文，也是最能見出工夫。雜文畢竟不是蕪雜之詞，它也應有最清晰的理路，適切的感情，活潑的語言，始足以表現之。

現在一般人，把寫雜文的人，視爲旁門左道的刀筆吏，似乎筆底毫端總有尖酸刻薄的意味，其實一位成功的雜文作者，本乎誠，發於辭，所謂微言知著，從方塊之中見出大塊文章也。洋洋萬言，不及諍諍一語。天下所有能活在人們心頭的話，太多短短一句金言，絕非長篇大論也。所以我總懷疑那些累贅不斷的勵志文字，究竟能給人心靈有多少啓發，重複別人的思想與語言，豈非一種浪費！當然，我不是鼓勵雜文作者，把他的雜文寫成格言，我的意思旣然表示你的思想，就不可以把自己當作傳聲器了。「語言無味，面目可憎。」這兩句話值得思考，一篇雜文最忌諱的也就是這些容易犯的毛病。我們應該把作品寫成「言語有味，面目可愛。」不僅是文章要表現雋永的思想，且要以最美妙的文字傳達之。如此形式與內容兼蓄其美，達致善境。

雖然這些話，給自己在寫作上立一些守則，時時刻刻作爲一種鞭策，但究竟個人才力有限，也只有雖不能至，心嚮往之而已。這兩本書所選入的，一部份來自專欄，一部份平時寫的評論，惟其所涉及的文學、藝術及人生社會問題，藉以抒發個人一些感受，其中也有十年前寫的，不過那些問題還未見消失，所以仍然收進了這兩個集子，作爲「立此存照」。它雖非一面鏡子，照個全般，至少可以管窺一斑。我不會無病呻吟，有痛苦呻吟又何妨！有病呻吟才是一種最眞實的。

我也不善於搔首弄姿，我的樸拙就是我的本色，搽脂抹粉，那樣的美人其實是最醜陋的掩飾。我們的病，就病在虛浮上，病在掩飾上。爲什麼不去認識一個眞實的自己呢！

我父親是位商人，少時習作，他嘗批評爲「一段蔴布一段錦。」幾十年後想想這句話，頗有道理。果眞自己的一些作品，錦與蔴布夾纏一起，這句評語，我也常常用以勉勵青年朋友，當我們起步之時，難免是「一段蔴布一段錦」的。寫文章固如此，卽就人之一生言，也未嘗不是這般景象。我們從事寫作，一如天孫織錦，總想把這匹錦繡織成最美麗的天衣無縫，這就要我們獨運機杼，織進了多少燦爛的春天！

今年正是我從十五歲第一首傳統詩開始我的文學歷程屆滿四十週年之際，我的千手千眼，究竟閱歷了多少？我的見山見水，是否也達到了那最眞的一層，這兩本出版，只是整個創作的一部份，只不過驛站的壁上一些信手題記而已。前面還展佈着一片好山好水，任我放眼縱覽，隨手拈來，那時際可能更爲眞純的世界呈現在我的心眼之中。

黎明百家選集

「鐵肩擔道義，棘手著文章。」這一代中國作家，站在歷史變局的關鍵上，其胸際筆底，不僅是文起八代之衰的文風之導向，且負起了民族文化繼往開來的使命。鑒於文學藝術爲文化之前衞，三十餘年來，我們敬愛的作家，憑其對國家苦難之體驗，對人類悲憫之情懷，對自由民主之信念；莫不披肝瀝膽，以仁以愛，在此光明國土上，播種墾殖。而今花開果熟，正是豐收季節；泱泱國風，堂堂筆陣，爲中國文藝史創新頁，爲一世文風立標竿。

黎明文化事業公司，本着服務社會人羣之初衷，弘揚文化之大義。自六十四年起，持續出版了「中國新文學叢刊」，羅致了當代名家選集，賅括了文藝論評與創作之精英，允爲三十年代至六十年代間中國新文學建築之鉅構。今後仍將繼續刊行七十年代新秀之作，爲此一代文藝工作者呈現手蹟，繪出心路，爲我們奮鬥歷史輝映光明，煥發希望！

欣逢中華民國建國七十年，該公司以諸家百集，作爲文化獻禮，並用壽吾國吾民，是亦珍同孔壁，紙貴洛陽也。衡察復興基地出版物，與年繼增，惟能有計劃有系統作長期持續刊行新文學叢書者，黎明之外不可多得。不僅提供中外各圖書館或社會人士庋藏，且亦為光復大陸預作文藝登陸準備，支應大衆精神食糧，免於匱乏。蓋大陸在中共三十年竊據之下，無異秦火浩刧，物質生活固然落後，即精神生活亦陷於枯竭。此一系列百家自選集，不待故土光復，亟宜先行登陸。三十年代老作家，曾有少數人作樣板式亮相於歐美，為其統戰作宣傳，即此少數老態龍鍾，苟延殘喘刧後餘生，又莫不是文革時期「牛欄」人物，停筆三十年之後，憑其在我政府治理期間之文壇浮名，中共利用剩餘價值，作再度之運用，企圖在海外招搖一幌。黔驢技窮，於此可以想見大陸刧後文學藝術已成眞空狀態，老少之間，難以為繼。而其眞正一蹶不振因素，主要是沒有自由的社會，自難有自由的創作。凡屬共產政權統治地區，文學藝術只能為共黨政治教條服務。反之，我們在臺灣三十年來，由於民主憲政欣欣向榮，文藝在自由的土壤生根發展，不僅提升了物質生活，且增進了精神生活素質。所以三民主義統一中國，乃是必然的結果，而三民主義的文藝建設已為光復大陸提供了一支無形的偉大力量！黎明刊行百家自選集，就是文藝進軍出發的宣告！

題洪根深彩墨畫集

根深出身於師大美術系，他的學習過程，祇是師資養成教育；但其四年的繪畫基礎奠定了日後致力追求的方向。當然，他的秉賦才華和敬業精神，兩相發揮，始能爲他自己開拓了新境。五年前在高雄新聞報畫廊聯展中，我第一次讀到他的畫，那時作品比較拘泥，筆底難以開闔自如，仍然踏着別人的背影，亦步亦趨而已。可是這幾年在彩墨上痛下功夫，以其原有的國畫根基，利用宣紙作爲揮洒的工具，從而就中國山水技法，轉變爲新古典的表現，於是它涵養了西方油彩與中國水墨的韻味，進以現代版畫的旋律，流動於畫幅之間，這是蓄養既深，汗漫益廣，展示於他最近刊行的「洪根深彩墨畫集」諸作品，可以探索出他的一條漫長的心路里程。

根深之選擇了山水，原是最艱難的一條路，蓋中國山水所積蓄的所表現的南北畫風衆殊，而使用的表現技法亦多紛繁，如要從山水畫中走出自己的面貌，不是爲傳統所束縛，即爲現代所迷惘。中國傳統山水，也有彩墨與水墨兼蓄者，如須創新求變，則捨棄與追求莫不是痛苦的。現在讀他畫集所羅列的每一幅山水，好像他帶領我們走向另一天地，在色調渲染上既絢爛又樸實，在線條展佈上旣溫柔又敦厚，眞是賦古典爲新貌，呈現了山水本來的面目與生命。

清源惟性禪師，他有三句話題，以山水象徵事物之奧義，表現人生之層面。旣是禪悟，也是眞言：

其一爲：「見山是山，見水是水。」這是說事物的第一層境，一般衆所共睹的現象，如以之言山水，僅是寫生而已。

其二爲：「見山不是山，見水不是水。」這是說事物之變貌，旣變貌或抽離現象，如以之言畫，則是抽象半抽象的，這種假借與轉移，較諸前者，則深一層境。

其三爲：「見山又是山，見水又是水。」這是說事物之本體，一種歸眞反樸的探求了山水的生命之源。如以之言畫，則其所呈現的山水則回歸到最初生命的誕生。因此三者不同層次的表現，根深的苦苦追尋，正如王維「行到水窮處，坐看雲起時」那樣的昇華與超越！

當然根深的路還不止於斯境，躊躇於途的，他將循此再出發，爲他心中的山水塑造，他把生命投注於筆，並育了自然，再創造一種新的自然！讀畫之餘，偶題數語，並爲讀斯集者告！

題「竇爾敦」水彩畫

王藍兄從小說的筆底轉向水彩畫幅，最近在臺北市龍門畫廊舉行個展。他以水彩寫國劇人物臉譜，本是最誇帳的抅畫，一經透過畫筆，其於人物情緒之掌握，至爲生動鮮活。國劇人物臉譜屬於超現實的，它表徵了每一位人物的身份、性格，所以當我們觀賞國劇時，只須從臉譜去別識劇中飾演的何等角色。臉譜另一效果，在流動短暫的舞臺視覺中，獲得立卽的較深刻的感受與印象。王藍兄以這些臉譜作爲筆底題材，且能將水彩效果發揮到極致，把這些人物移向紙幅，雖多半抽象的，在單純的筆觸中，却使讀者心靈感受到色彩的節奏，流動於人物的神采裏。畫在臉上的臉譜，它具有藝術個性，而寫在畫布或紙上的臉譜，則是出神入化了。

竇爾敦在臉譜中造型也最能傳神，我們看過「坐寨盜馬」這齣戲，黃天霸拜山，旨在求證竇爾敦是否眞的盜了御馬，竇爲江湖中講義氣而又率眞的人，要把這樣的一個人物寫入水彩畫裏，當然不可能僅以造型可以達致的，該當就水彩與筆觸表現其特具的性格。這種瞬間的捕捉，亦非僅仗技巧，想是杜甫詩「下筆如有神」在焉！王藍兄筆底的「竇爾敦」想也從這方面揮洒而出的。我曾就這幅「竇爾敦」水彩畫，從舞臺到畫幅，從劇情到感受，演爲六行短詩劇，這完全是一種聯想，再創造的結果，玆錄原詩如下：

竇爾敦

御馬的啼聲
流過他的眉色飛舞裏
誰來拜山？
黃天霸呀！
這匹馬嘛？
咱家竇爾敦騎定哪！

以六行詩寫竇爾敦這個人的個性與劇情，頗費心力的。第一二行只聞馬的啼聲而映出竇爾敦的眉飛色舞之情，第三行引出拜山的人黃天霸。第五、六行則顯現了竇爾敦江湖豪氣。其間畫面有遠近，距離感，襯托了人物的動態在道白裏。雖說竇爾敦在劇中沒有如此唱詞或道白，爲了突出他，惟有道白的語言，讓讀者可以「察言觀色」了。

桃花源的徐谷庵

三湘多騷客，近代畫家輩出，白石之出身於木雕，亦如吾皖石如之出身於篆刻也。但皆盡一生之心力，師古今之大家，莫不卓然成一家之風範。湘桃源徐谷庵先生，幼習書畫，繼入南京藝專，金陵文物薈萃，名家雲集，故而師承有自，以第一名畢業。及至載筆遠遊，名山大川，涉獵自然之神奇，盡得萬物之生意，羅列於胸懷，吐露於筆墨，盡皆天趣，自得神情。

當年徐渭先生，遲至三十二歲學畫，其一幅習作墨竹，至今猶傳於世，成爲絕響。蓋因徐渭先生詩文書法，早經融會入化，故其邁入畫境，自有蹊徑也。谷庵先生書畫之餘，並對畫學潛研，著述頗多，其所創「書畫家」雜誌，發行以來，爲藝苑蒐瓌寶，爲後學樹範型，其於藝術教化，影響至大。

石濤之於畫，認爲山川萬物薦靈於人，由於作者筆底給予生命，自然生發，使之動靜之間，傳神達情也。進而言之，人與萬物之生命如不能同胞並育，則筆底盡皆神情懸隔，一片寂滅世界。盡人之性以盡物之性爲書家第一信念，此信念必來自虔誠之懷，一虛僞，一罣礙，則皆枉費筆墨。奇花幽禽，雖爲自然之鄙微生命，但當其移於紙幅，賦予生命，盡其性情，必然成爲不朽而無限之生機。余讀谷庵花鳥，亦作如是觀。

一花一世界，一鳥一天機，前者有色本無色，後者無聲勝有聲，此余對花鳥之繪事，一向認爲如淵明詩說「縱浪大化中」，尺幅之間，萬豪之下，別有天地與人間，此乃杜甫所說「下筆如有神」，出神入化，自是創造成大美也。

今世評書畫者，多以某人之畫如前人某人之筆墨，意即二王再世，或石濤復活，此種典型論評，已成歷來積習。其實說某人像某人，等於說某人畫出於範本描紅也。而受者却視爲嘉譽，沾沾自喜。這般「還原」之論，實則損人也。詩、書、畫等藝術之創造，在於表現個人與自然之生命情調，應該豁出前人格局，石濤曾言爲自已立法，蓋古人立法之前，本無「法」可循，立藝術之「法」應有陳子昂詩說的：「前不見古人，後不見來者」信念，否則代代相承，等於複製品了。畫學及書道，因有其前代之遺產，可以「承先」，僅僅「承先」而不「啓後」，眞正成了不肖子孫。「啓後」必須有一代之創造，一代之風範。藝事固亦登蜀道，難矣哉！杜甫「丹靑引」七古中，稱讚韓幹寫玉花驄御馬圖的詩，其中一句說：「一洗萬古凡馬空」。値得我們揣摩，依樣葫蘆，或東施效顰，都成下品。玆値徐谷庵先生個展於省立博物館之際，願草此文以贈谷庵並爲來觀者告。

剪成碧玉葉層層

中國古典詩詞作者，閨秀之作，惜未能一一彙輯成書，而歷代閨閣吟咏，想有更豐盈的作品，不讓鬚眉獨自專美也。迨至宋清詩詞女性作家始露頭角，豈止於有詩爲證者寥落可數而已。好像「女子無才便是德」這句古訓，像一把鎖鍊，使許多才女沒沒無名，這多麼令人惋惜的，袁子才之有許多女弟子，蓋其創性靈詩說，開風氣之先，而彼時迂儒之筆猶有微詞，譏之爲小倉山之狐也。而今現代詩壇，已非當年情境，不僅詩讀者大多爲女性，而女詩人輩出，極東南之美，乃詩國靈秀。詩人張默先生受爾雅主人之請，就近三十年來，卓然有成而傑出者，悉心蒐集，仔細品評，使現代李清照，朱淑眞留芳於世，不讓袁子才專美於前，也使中國現代詩眞個桂林一枝獨秀也。爾雅隱地別出心裁，張默則獨具慧眼，縱然滄海難免猶有遺珠，如果再有續集，又見新人，自亦美事。

這本女詩人選集，書名却署李清照詞句：「剪成碧玉葉層層」這樣的象徵着青春形象，乃是最恰到好處的。集中入選的二十六位女詩人最年輕的要算梁翠梅了，她的脫出，欣逢其盛，却在詩才展露上，有其深厚的潛力。張秀亞女士，爲「五四之女」，蓋其誕生正是五、四新文化運動發軔之始。這本選集，未嘗不是「羣賢畢至，長幼咸集」。唯一的女詩人們的詩心慧眼世界，又有其不同的風景之表現。她們在詩創作上的奉獻與收穫，有此一集，也是中國詩史上開創了新頁，豈是脂粉氣、書卷氣可以相與倫比耶！

這本集子的問世，不僅是中國詩史上的盛事，也應是世界詩壇上一件大事。縱觀歐美詩壇，老成凋謝，繼絕乏人，尤其女詩人則更是少之又少。這可能我們中國詩文化民族傳統，始得靈秀獨鍾，地靈人傑，煥發了詩文化的光芒萬丈長也。當我讀及剛裝成册的選集之際，不禁爲之拍案驚絕。我想今天國人中當有不少對現代詩有成見的人，時常發謬論爲文章，不惜百般諷嘲謾罵，此等人當是固步自封在腐朽的陋室中自我呻吟，這些心態，無非昧於事實，出於夢囈而已。否則一位現代文學工作者，應該睜開眼睛，敞開心靈，接納我們這個嶄新年代聲音與面貌，感受最新銳的生命脈搏震動。現代女詩人選集，該是屬於這個發光的年代的見證者。

「坐對一山青」序

——朱星鶴散文集

中國文學中之繁衍煥發其生命者，一是詩爲其歷史的嚮導，一是散文爲其領域的擴張，故能日新又新，「萬古江河不廢流」也。秦漢之存眞返樸，唐宋之取精用宏，及至清桐城古文派之再興，不使文學因駢儷而自拘泥，爲八股而趨僵化，此無不是每一時代之大家，有志於復興，作革命先驅，使之活活潑潑呈現了每一時代面貌與聲音。

而今六十年新文學之踐履，其間際遇，又非秦漢唐宋或清代之可倫比，而作家之生活經驗所承受之洗磨，亦非前人所可想像。一方面繼古典之傳遞，從文化脈流相探索，一方面窺現代之走向，爲明日生活而設計。散文學之千古艱難在於此一邁步。近年來，我們散文家，莫不各自奮發，匠心獨運，似乎不約而同要爲此一時代創造散文的新境。再新文學的生機！

星鶴兄湘人也，溯楚辭之世澤，發幽德之靈光。初則咏於詩，繼而爲小說，涉獵至廣，表現益深，已刊之作，飲譽久矣。今以「坐對一山青」散文集，由水芙蓉出版社再版行於世，囑爲之序。蓋湘人之辭，寓哲思於藻麗，抒情愫於樸眞。此一容音重見於集中，如晤屈子，坐對太傅於一室。吾知星鶴兄，一襲戎衣，心存社稷，其情操，其志節，衍爲生活之豐盈，發爲詩文之淸雅，其激勵於人者，乃蘭芷之芬芳，松竹之勁節也。

中國散文，從田園山水出發，撫自然而融於一心，向人生社會審察，揉甘苦興衰於采筆。不偏頗而適中道，此固千古源於一脈，亦現代散文家所當守之準繩。於星鶴兄集中，瀏覽無痕，品味有自。至於語言之新，情感之眞，可窺其慧心法眼之獨運。抒情而不浪費感情，說理而不拘於理。此卽遊於藝者俊逸之姿，隨心信手，莫不是天籟地籟與人籟相和奏。集名「坐對一山青」想亦是李白獨坐敬亭山那一瞬間。「相看兩不厭」中的一座青青敬亭。我人讀此集，亦如細數迤邐而來的青色山脈，隨之伸展，奔赴天野。其賦秦漢古典以新貌，變唐宋雅正之新聲，可說開卷得之。用撫蕪詞，以告讀者，曷興乎來，共對山青！

(序於己未六月永和居)

向陽的「流浪樹」

清新的土壤，總是結出甘蜜的果子，向陽在這片散文的新地上，播種着他的地糧。「流浪樹」，就是他的第一季豐收。

一位曾是詩國的歌手，吟詠之餘，他的生命或是天岸之馬，騁馳千里而不可止，心頭筆底，自是激蕩風雲，濡以餘墨，綴為散文，莫不是萬紫千紅，大塊錦繡也。因而我讀這個集子，深感其每一篇章，都展現着飽滿的思想與情感，交織着一個突出的面貌和聲音。

這幾年來，散文學的崛起，蔚為文壇一個唐宋時代，令我想及凡散文學最蔚盛期，亦正是文藝思潮之最尖端時期，從文學史上卽可窺見此一端倪。而今詩與散文之結合，思想的縱深層面，遂予強化，語言的表現結構，亦多縝密。這個集子，已為散文學發佈了新氣象，賦予了新生命。此固屬於詩餘之創造，亦散文學探索的別徑。

向陽從華岡出發，那條路上，顯示了他的穩健而篤實的踐履。從古典的芬芳中薰陶，從現代的變幻中塑造，他是誠懇而勤奮的耕耘者，一位來自鹿谷鄉凍頂山麓的人，以其鄉土的樸質，追求着他的大美之仁。他的心路上就是一盞盞燈的燃起，他的出發，在那縱橫經緯圖上，循着一個座標前航。我一向認爲「有仁爲美」的，這也是基於我們的文化特質所煥發的華美思想，這樣的文化土壤，卽是文藝的田畝。

向陽在他的「跤」中，強調了一棵樹的「安身立命」之道。人猶樹也，其生存發展，一根一葉，汲引雨露，覆載星辰；在擎天立地之間，莫不是仁心相映，與萬物並育。童年常聽到的一句話「樹要活根，人要活心」。草木之根，文化之根，都在這顆詩心中欣欣而向榮，所以向陽的這些少作，也正是廻響着一粒種籽的抽芽聲音。去夏訪溪頭，瞻仰那株三千年的紅檜，歷經春秋，觀盡世變，惟其一粒飄零的種籽落土萌芽，嬗遞於三千年史葉，這生命的成長給人的感受，豈僅風雷擊之，冰雪凋之，一頁生生死死的見證實錄！

我想向陽還是一株筆立大地的青青之樹，他的生命情調之疏展，亦如他的枝葉之繁衍。鹿谷的陽光，溪頭的泉水，該是他生活的滋養，將在這方淨土上綻放他的美好春天。

觀入迂上人個展有言

入迂上人（任博悟）最近在國立歷史博物館展出他出家後書畫精品，爲藝壇寫出一片清眞世界，無上淨土。讓日處塵囂中人，得以洗眼滌心。此亦苦海無邊，假翰墨之緣，渡我世人。

我之與入迂上人結方外緣，只因一篇「抽身卽是吾」散文，承其馳書相詢汪采白「黃山臥遊錄畫册」事，雖畫册蹤杳，惟上人關心藝術之情，至感我懷。雖我長於安徽，僅軍次黃山之麓，上人一燕趙之士，却有緣住黃山一月，胸羅丘壑，手採煙霞，故其筆底所出一山一水，一松一石，莫不是靈秀之鍾，造化之作。而其功參佛理，獨運玄思，排撻前人堂奧，不爲門戶所限，此亦石濤所謂自立法則也。

中國畫壇一向推崇四僧繪事，蓋四僧胸中自無煙火，不着人間色相也。其藝術則達於清眞古樸，出神而入化境。入迂上人本大慈大悲之懷，處大寂大寞之境，創至眞至善之藝，渾無一絲牽掛，契合萬古幽情，兼詩、書、畫三不朽，盟金石而參因緣，亦今之藝壇難得大手筆。萬般藝事，如能參悟圓通，必然自成一家。余讀上人詩詞，復觀諸書畫，其創意造境之幽深高古，皆得力於佛學修持之精明，互爲表裏，斐然成章。至於敷色之自然，水墨之純樸，佈局之曠逸，想乃毫端餘事耳。

上人題畫或詩或文，亦逾越自來規矩，表現其獨特風貌，此乃時人最易患之闕失，而上人每在餘墨信筆之際，得詩心畫境之妙趣。使之渾然爲一，天衣無縫。以詩入畫，也是中國繪畫之獨創藝術形式，將詩、書、畫三者，融會於一爐，相映生輝。此固書畫同源早發其說，而詩畫共境亦向有定論，一幅之間，各呈其藝，互奏其功。因此今日國畫之傳承，自應從此三者鼎立之處，弘揚之、光大之。惟惜今人學畫者不自習書始，旣習書學畫，復疏了題詠，縱有可觀之畫藝，但乏之題詠之能事。甚而所題所詠，風馬牛不相及，以至貽佛頭着糞之譏，誠一憾事也。

觀上人詩書畫之展出，興起者番感慨，不揣愚昧，聊抒咽梗之言，爲關心國畫者獻芹，希望藝壇新秀有志於詩書畫三不朽者，奮力直追，傳承薪火，則幸矣！

莊慕老「白鬚赤血」個展

六一翁莊慕陵先生，近以「白鬚赤血」爲題，應邀展於來來公司七樓，盡其精品，以饗同好，眞是一次難得一見的書法個展。因而聯副以整版作了一次專輯，除莊老書外，還刊出臺靜農先生寫的「六一之一錄」序，和莊老入室弟子莊伯和先生論莊嚴先生的書法長文，不僅對莊老書道世界作了整體的呈現，同時也給人平生師友的情誼親切之感。莊、臺兩老，少年同學，在文學藝術方面飲譽海內外，其私交之篤，老而彌堅。且其同好除藝術之外，又是飲中之仙。讀臺老序文，使我們深知莊老書法之淵流，不拘一家之法，實乃「轉益多師」中來。

一年一度的「忘年書展」，自首展以還，莊老的作品可說人書俱老，在古趣之中煥發創意。此次個展，中央社報導稱莊老手臨趙松雪妙嚴寺記爲宋徽宗瘦金體。想是傅會，以爲莊老只寫瘦金體，故而有誤也。殊不知莊老隨心所欲，遍臨所好諸碑帖，且別出心裁，無所依傍。此泱泱大家風，馳騁書壇數十載，放浪自我，故見出眞性情也。忘年書展同仁中，莊老雖年長，惟常懷赤子之心，「白鬚一把，赤血滿腔，」不僅於藝術如此，其爲人治事亦如此，眞個夫子自道。忘年展有此亦師亦友老者，實藝壇勝事。

莊老除書道外，復工於詩詞，蓋其曾受教於名詩人書家沈尹默先生。其遊韓詩五絕有聯云：「青山千里月，黃葉一村詩」，這是從漢城去慶州道中所見景象，卽此十字，已是包容無限了。莊老愛收藏，但不限於骨董書畫，如其洞天山堂書齋中許多小擺飾，卽是一塊不起眼的石頭，他仍然視如家珍，把玩不已。這莫非是白鬚赤心者所能作到的。一副甲寅年臘八寫的聯：「樂同少壯老」，「氣合天地人」，他不僅寫出了，而且澈澈底底的做到這一眞境。他讀的是哲學，却就於文學藝術，而他的哲學，並非高談理論，却在他的生活中實踐了。

總之，莊老的文學藝術觀，可賅括於他的「不作厚古薄今論，莫爲貴耳賤目人。」一聯中，從理論到實踐，都是一致的，不但以此自勵，亦常以此一聯勉其門生。今年八十有二的老者，其人其藝，在今之清濁混淆之中，足以爲世師表。謹以此文，書於「白鬚赤血」個展之後。

水窮雲起有無中

——于還素散文集

于還素散文集，已由彩虹出版社印行。他才華橫溢，却吝於筆墨，這本書還是一些好友敲鑼打鼓的逼出來。徐訏先生爲他寫序，認爲這本集子可說是散文詩。事實上于氏也偶而寫寫詩，惜其不能持之以恒耳。

一種詩的語言，而所表現的又屬哲思煥發，情性逸出，則採以詩形式表現之，自是斐然成章也。于氏說理不拘泥於一格，遣詞尤力辟陳言。開新境，發奇想，此之謂現代散文之精華。

文以載道，詩以言志，徐序亦曾論及。這本集子蓋以散文語言表現了渾然詩境，應屬言志之作，所謂在心爲志，在言爲詩，于氏在此等分野中，賦有旋乾轉坤之萬鈞筆力，使之文心中躍出雕龍繡鳳，一舞一翔於字裏行間，而此翔舞之姿正是于氏自我生命之再生。有些地方如泰山之崩圻，有些地方亦鴻毛之廻舞，這莫不是情思詩心挾之而升揚而委婉者。詩有別裁，文亦異體，此乃本乎一心之獨運，滿紙風雲，頓成變貌。

于氏躭於藝術，復興於詩心，在一片雪原之上，爲獨行者點燃熠火。一種孤寂之境中，落花啼鳥，天籟可聞。此與其論藝術之鴻言，則別有天地與人間。游於權貴之間，而無權貴之氣，狎於鄉曲之列，而無鄉曲之俗，是故出汚泥而不染，淸水相映靑蓮，花開可見我佛；此非有一方寂靜之淨土，不足以養生命之心源。

他在「塵土的起源」中說：「我癡於土地，一如大地之癡於種籽」，此等「種籽」想卽是生命的不滅種籽之爆裂。所以凡擁抱大地者必珍惜一粒不滅的種籽，人與萬物之生生不息於天地間，無不爲一粒種籽的嬗遞而綿延滋生。因而他對「自然」如此的呼出：「我爲你之存有，事實，感到驚喜，一切屬於我和你所不知道的，我們便相悅以取代。」人如果不活在渾噩之中，他必然驚悅於這自然的存在，這天地的覆載了。

這本書，應該是一枝可資咀嚼的橄欖，希望探索尋思者，勿錯過那些幽深的曲徑廻峯，每一轉折處，必呈現山廻路轉的，柳暗花明的畫圖。我想讀于氏散文，該可帶給你「行到水窮處，坐看雲起時」的喜悅！

「中學白話詩選」

由於自己從事詩創作和主辦詩刊，推展詩運達數十年，總覺得需要一部適於中學生欣賞的詩選。蓋以往所出版的個人詩集或其他選集，都偏重於較高水準，以至在輔導講授上不易爲多數人導讀。今則由蕭蕭、楊子潤編著了一本「中學白話詩選」，故鄉出版社印行，此一美舉，深得吾心。

這部詩選的編例，凡分「作者介紹」、作品「註釋」及「解說」，並附典雅插圖。爲中學生導讀，這個編例很恰當。所選作品起自胡適，以至年輕一代，可說溯「五四」以還，形成經緯。就作品內容言，包羅紛繁，詠物抒情，懷人論史，無不具備。且注重詩語言較明朗而詩意可觸及者，這是最難取捨而作得恰如其份。清人蘅塘退士所選「唐詩三百首」，乃仿照詩經的編例，這部傳統詩選，囊括了唐代三百年中精品，所以成了幾百年來詩的啓蒙讀物。現今有了這部「中學白話詩選」，正好銜接了傳統遺緒，不致中輟。現代詩只不過六十多年的事，可說方興未艾，希望有一而再的續集印行。提供青少年欣賞。今天大學文學系，也有現代詩講授，惟不悉所選用作品如何耳？這幾年來現代詩人已關心到兒童詩的問題，偶而也有兒童詩作品發表。國中課本中亦編有現代詩，似乎所選者濫竽充數，多不適切。

這部詩選，唯一美中不足的，少了一篇關於現代詩簡史介紹。同時如再加上一篇「現代詩與傳統之比較」的文章，則更能讓中學生對中國詩的進一步認識。這也是詩教奠基的一方磐石。因爲上承傳統，下啓現代，詩史的認識乃是詩教的「開講篇」，讓這些少年詩讀者數典而不忘祖，傳遞薪火，以開萬世。

「故鄉出版社」乃一民間出版業，其能繼「現代詩導讀」推出這部詩選，爲詩教育奉獻力量，足資鼓勵，教育部似應斟酌，主動推薦，使之普及讀者。同時這部詩選不僅國人值得一讀，如英譯輸出，一樣爲外國大學最佳詩教材。蕭蕭、楊子澗二位俱爲詩人，且從事教育，他們携手合力，利用課餘之暇，作了如此有意義的事，想也是一種歷史使命感的激發，爲前代詩人留下足印，爲後來新秀燃起提燈，細讀之餘，願在此爲中國少年和他們的父母師長介之。

「煙塵之外」序

記得文藝月刊創刊初期，第一次舉辦散文創作獎徵文，杜萱那時正就讀師大國文系三年級，以「煙塵之外」一文，品題第一。我和蕭白、季薇忝爲評審，竟在四百多篇應徵作品中，發現了這位嶄露頭角的新人。自是一番驚喜。在以後的歲月中，她不斷探索，走着自己的路；這種堅持，在家務和絃歌之間，頗爲不易。

許多從國文系走出來的人，其聲音面貌上，總是擺脫不了羈絆，甚而食古不化的重複前人。這固然天賦才華有限，創造功力不濟，最重要的還是觀念無法突破。韓愈對古文的復興，主要得力於「陳言之務去」，言語有了變化，自然思想就活絡了。雖然一篇散文不儘賴語言之新銳，但新銳的語言常是一代思想傳達的利器。如果憑着現代生活之經驗和思想，在表現時仍以傳統的語言和形式，則這個作品，依然前人的唾餘，至少那些思想和經驗被扼殺了。杜萱在此一方面，她大學時代的「煙塵之外」，即已見出一隻破繭而飛的美麗彩蛾所呈現的生命情調。

中國傳統文學留給我們豐盈的遺產，作為承受文學遺產人，究竟不可以依靠遺產而生活。我每次去故宮博物院，看到那些書畫器物時，就感到我們這一代將為後世創造什麼呢？面對古典，是否賦予現代生命的常新？藝術如是，文學亦復如是。唐宋散文之有一個波瀾壯濶的文學世界，以起八代文風之衰，韓愈倡之，後者繼之，為現代散文家立下了最好的榜樣。他們的散文語言和思想，又莫不表徵了唐宋知識份子的面貌與聲音。可見唐宋作家們不屑於陳言，躍然邁出了一條新拓的康莊新路，這正是文學在乎創造，不是因襲。

杜萱出身於傳統文學，又為現代傳燈人，在多年的敎與學之中，自有憬悟。這個集子想也是在實踐中一些鮮明而艱難的脚印。這個集子的印行，一面是回顧，一面是前瞻。我在近作梅花詩中有兩句：「坐收國土連根種，化作新泥和雪栽。」其所謂國土，亦卽傳統文化的象徵，其所謂新泥，亦為現代生活的歷練，無論文化或文學，總得深入其根柢，以自己的生命化泥為雪，以之護持。當我讀了這個集子的校樣，想到這兩句詩，正可轉贈杜萱和所有讀者。是為序。

「秋歌」跋記

邦楨兄「秋歌」七律六首自壽詩，經戴蘭村氏書一長卷，還素則篆額：「春秋觀志」四字，卷尾餘紙，囑爲跋之。我覺得這個長卷，不僅爲邦楨自己珍藏自壽者，且我等四位數十年老友，有此紙上雅敍，亦人生中樂事也。因而隨筆跋書五言一首：

「昔讀秋聲賦，今來聽秋歌。
不教彼永叔，千年獨自過。
彭子有餘緒，花開六十多。
詩名驚四海，老與可横戈。
我亦續貂者，拜觀不得和。
蘭村步逸少，還素篆額摩。
信手為之跋，筆端意婆娑。

此中有情味，相與笑呵呵！」

這八十個字，只能說乘興打油。也許將來觀此詩卷者，莫不相與笑呵呵也。邦楨寫自壽詩，却名之曰：「秋歌」，蓋其誕生於秋日。這也許就是一種生命之歌。歐陽永叔曾作「秋聲賦」，老杜也寫過「秋興」八首，秋天於人的感受至深，所以邦楨在此清秋之際，歌出他自己滿懷塊壘，有什麼不合時宜呢？他這一生，也像老杜亂離飄泊，四海爲家，惟有歌秋最合乎他心中韻律的。況世亂如麻，殷憂如焚，六十年來家國，一一映照其中，他不以現代詩爲之，却綴爲傳統七律，這可能是邦楨至老不拘的在詩壇逍遙之遊耳，就從他老來寫傳統詩，而且寫得非常之工，亦爲「相與笑呵呵」的快慰之情。

這個詩卷已經裱妥，費資二千五百元，將攜返紐約居，這可能是邦楨僅有的屬於他自己的文化財產了。一個人活到六十之年，亦非易事，寫詩寫到六十之後，依然不廢筆墨，還要從頭寫律詩，這就更難得了。還素篆額四字，所謂「春秋觀志」也正切入了一個詩人的詩心。和這個長卷所呈示的意義。一紙人情，有些人看來一文不值，但有人持此則萬金莫易。文章無價，大概決定於這個因素上。邦楨春秋正盛，而詩律尤細。聽到他的「秋歌」似乎見到秋實的豐收。而他生命的秋實，正釀造着芬芳的酒泉，是可以醉人的酒啊！

民謠歌曲八百首

——新聞局彙印

民族藝術如何維護與發揚，文化界至爲關注的問題。就音樂方面而言，臺灣音樂工作者除了已就地採集的民謠之外，最近行政院新聞局由各方面人士的協助，整理了我國民謠歌曲達八百餘首，精印出版兩巨册。其蒐集、記譜、錄音等過程，至爲不易。所賅括的地區從西北大漠到阿里山巓，可以說這是一部最完整的民族聲音。就一個新聞行政機構，主動從事此一維護民俗藝術，值得我們鼓掌的。

此一民族藝術，旣經整理出版，我們傳播媒體，歌人或演奏者，自應善於運用，廣爲傳播，始能使此藝術生命綿衍不息，成爲我們文化生活的一部份。這些民謠歌曲，它是經過我們悠久的生活中所賦出的民族情感，可說是一個民族文化的產物，彌足珍貴。唱這些歌，聽這些曲，也等於表現了中國人的生命與生活情調。這是多樣的鄉土風貌所編織的民族風格，有容乃大，集大成的文化，所以稱之爲泱泱國風也。詩經三百篇，亦不過稱爲十五國風之總集，而今此八百餘首民謠，亦今之詩經，古之采詩也。

近年來，民歌興起，爲歌者聽衆偏愛，惟民歌之爲民歌，不是卽興爲之的，它必定經過相當時間傳播，成爲樸拙自然的藝術形式，我常常說，民歌不是寫出的，乃是唱出來的。它的珍貴在於樸實無華，在於社會化了的。此與學院派的作曲作詞畢竟別有天地。因而此一民謠集子，對於我們學校音樂教育，應該也是輸與最鮮活的血液，藉以建立我們民族音樂風格，加強我們民族音樂的生命。不致於讓我們的新生代成爲西方音樂的「應聲蟲。」而喪失了自己的聲音和調子。

維護民族藝術，能立法固然好，但維護工作還需國人參與，卽以歌曲一項而言，今天的電視節目，在每一分鐘的時光裏，我們都在歌唱聲中，可是其所歌者，大半流於膚淺，這八百民謠，如果三臺主持音樂歌唱節目者，眞正要提供聽衆最清新的聲音，乃一取之不盡的寶典，我們希望它不僅可資保存的印刷品，而能成爲立體的音樂，從螢光幕上流佈到廣大的羣衆口角耳邊。旣不辜負衆多的佚名創作者，也不辜負盡心盡力整理蒐集的朋友！當然，這些民謠遺產，它同樣也給予今天作曲作詞的人最好的營養，讓我們繼續創造這一代新的民歌。承先啓後，正是文化成長的軌跡。

「有緣軒」序

「有」意花開東閣。

「緣」情人醉南「軒」。

月前吳芷瑋女史宴別香港中華藝術學院鄺譚先生，並邀畫家喻仲林等，於餐後揮毫。鄺氏來臺展出，頗得各方讚譽，主人展紙，鄺爲書「有情軒」橫額，復索墨於余，即題前聯，並冠軒名。

此一雅集，正得一緣字耳。主人以「有緣」署其軒，實亦有意隨緣也。在座諸君，多半初識，清茶燈火，結翰墨緣，十丈紅塵之中，難得如此閒情，尋味其中情趣。晚餐雖未備酒，惟此眞情足資一醉。故云花有意而開東閣，人緣情則醉南軒，當年何遜重來江南，東閣梅花，一時煥發，人與梅花一樣有意隨緣，我想「有緣軒」之幽趣，當是此等意思，契合天機也。

浩瀚人海，浮沉一生，其間際遇至難預料。想蘭亭之敍，王逸少之風流得垂千古，醉翁亭之會，故永叔之筆墨傳誦人間，其事之發皆偶然，惟因緣之合則永恒。今人固不必模擬前世，而時空與人事之中，恒有一緣字爲之運作。錯此一時，便失千秋，誠可信之。我們有時「開卷對千古，悠然若有神。」此乃神交古人，亦因有其緣份，始克會心，無限喜樂。東坡之於淵明，七百年後爲之破陰霾重見光明，由賞心而心儀之，故知音不得於一時，而求諸千古。想陶公與坡公前世緣定，以詩爲媒，結藝術之連理。

居停主人樂於藝事者，以巧思靈心，發宇宙之幽奧，抒物我之深情，率性隨緣，皆成妙趣。雖云藝海藏身，每多啓慧契機。其軒名「有緣」，豈僅止於人事。惟藝術之大美，無非存乎清眞，是皆情之極致，緣之眞切耳。偶來濡墨，作個有緣人，雪泥鴻爪之跡，不足以登大雅，而娛方家；亦如佛家老衲，隨處化緣。果眞「但識琴中趣，」則「何勞絃上音？」一具素琴，撫之再三，如洽天趣，有音無音皆餘事，趣在其中，美在其中，而樂亦在其中。去其形象，得以神韻，致藝術於高深之境，爲賢者孜孜求之者。所以緣從趣得，美自神化，此一生命流轉於情趣與完美之中，永生不息。旣題以聯，復序以文，敢爲有緣人論緣，聊添高軒情趣而已！

劉著「一往情深」

劉詩弦小姐，三四年前曾有一面之緣，但未交談，眞是可與言，而不與之言，此所謂失人也。最近讀到她僅有的一本水芙蓉出版的「一往情深」散文集，旣屬抒情，也是說理，以她的青春年華，如此洗練的文字，透澈的事理，煥發着智慧與哲思的筆墨，讀起來令人爲之震撼。

她的成熟，就像秋天深山的果實，那樣堅靱而甘美，那樣圓渾而芬芳。一位成長於書香世澤，潛研於傳統與現代的詩弦，她的興趣漫布於音樂、繪畫，不止於舞文弄墨而已。故其才氣縱橫排闔，銳不可當。其情之眞摯，擇善而固執，洗淨一般閨秀脂粉氣，却又不帶一絲書卷腐酸味，其言語結構揉合了唐宋於現代節奏中，自成風貌，所以「一往情深」中六十五篇作品，在她的心燈照映下，可以坐對把玩，久久不忍釋之，極有「相看兩不厭，惟有敬亭山」那一綹情馳神往之感受。

她對於中國文化，出於虔誠的敬愛，膜拜而沐浴其中，一顆高貴的心靈與生命投注，使她自已涵養得更眞更善更美！而在評論歷史、社會諸方面，又莫不「思無邪」地那樣溫柔，那樣敦厚！一種憐憫與關懷的宗教熱情見諸毫端筆底。她的發言可說代表了這一代年輕而新銳的聲音，激越而朗麗的感情；她是以擊打盤石汲取清泉的手，撫慰而策勵着多少迷惘而疲困的人們心靈。「一往情深」恰似夜晚荒原之上的一朶篝火，引領着失去方向的旅者，覺醒着沉迷於奢侈而墮落的醉夢人。這是一泓清泉，讓許多受過汚染的心來此映照和洗滌：我想詩弦在經歷了漫長的心路之後，把第一個作品選集投向世人心深處，以她最美好的靈魂，去照亮別人！

可是她默默獨行於文壇的邊緣，她的名字是極其陌生的。在紛擾的人世，孤獨的背影常常爲人們忽略的，她的聲音也爲塵世噪音所絞殺了！惟其清眞而樸實信念，終於成了天籟和人籟的傳播福音，「一往情深」出版於去年酷寒的冬天，而我在這春暖花開的季節才讀到它，好像是傳遞給我的是一掬暖流，一握和風，一掌春雨，一尊醇酒。這麼多年來散文總是興起於文學世界，彌久不衰，惟多屬於華而不實，似乎側身於六朝之間，有一種軟骨病或敗血症侵襲了許多人的筆墨。這正是文風人格的萎縮與衰退。而今得讀詩弦的集子，似乎「寒泉流暗壁」中聆賞清音，「冷露滴秋桐」時見到春花一樣的喜悅，這是一帖起衰振蔽的信息。我願意在此再爲傳遞給廣大讀者，相與欣賞。

瀟亭遺詩

今年夏天，去宜蘭暑期文藝營講演，遇到胡德生先生，贈我一册「瀟亭詩集」，他在扉頁上還題了「草莓已無語言，我們只好咀嚼這些絕響。」瀟亭本名曹華青，花蓮師範畢業，任教金門安瀾國小，繼而卒業於東吳大學外文系，再度去金門的金沙國中，從事戰地教育工作。他是德生同學，也是我在芝岩時的鄰居，湘人多慷慨悲歌之士，主持東吳的「大學詩社」，頗爲出色。天忌才華，竟以三十青春於六十六年一月九日夜，因心臟痲痺，睡眠中去世。

我居芝岩草廬時，屋後的一幢平房，先是陳玲玲她們賃居，後來瀟亭和他的另兩位同學來住，朝夕相遇，每多雅趣。迨至畢業後，他們走了，我亦喬遷，從此就失去連繫。現在讀到這本遺著，往日芝山雲樹，令人不勝悵悃，這本遺著是由大漠於三年前出版的，除了作者生前生活照片之外，還有曹建業等人寫的序。總共收入五十首詩和一篇詩評，如果上天給予較長的生命，我想瀟亭的作品，該不止於這些。他生於青島，長於臺灣，時當流離播遷，瀟亭在他的家庭敎養和自己修持中，成長為具有愛心與信念的詩人，兩度金門之行，更可看出他的熱誠奉獻了。

孤鶩

鑲滿金齒的山湄
一掠孤鴻
留下剎那的真恒
翳入天聽
傲視塵俗的一切
抑或疾世而絕

心鏡蒙受渾塵
反映的不是真我
陷落坑嵌　超脫絕俗

一掠孤鴻
消逝天的那方
留下剎那的真恒

這首詩是他六十一年寫的，在後記中並且說「赤裸地來至世上，爲何不得赤裸地而去。」他就像那一掠孤鴻，要爲自己「留下刹那的眞恒」。而今這隻孤鴻，冥冥飛入人世的天空，而留給世人的是這一把詩的糧食。

——寫於瀟亭逝世三周年前夕

序「龍族的聲音」

三十年來，現代詩在臺灣興起，成了一枝獨秀的文學之花。此有賴於詩人們積極的創作不懈，詩刊的不斷傳播媒介，使得詩讀者日衆，詩作者輩出，眞是各領風騷，中興鼓吹，創造了一個詩的盛唐。

我們深深感到：詩是帶動和提升各類文學藝術的導向力量，尤其在中國文學發展上，詩的血脈乃是一以貫之的流動於文學藝術生命中。最早的「今文尙書堯典」記有舜命夔典樂，敎胄子，並說：「詩言志，歌永言，聲依永，律和聲；八音克諧，無相奪倫，神人以和。」這段話，道出了兩件事：一是詩言志，二是詩樂不分家。迨至左傳襄公廿七年也有「詩以言志」的話，那是指「賦詩」的。蓋賦詩言志常常用之於外交場合，表達彼此的政治觀點。而賦詩，必合樂奏之歌之，這種表達形式，也可說詩與政敎已在那個年代相結合，且充份達到社會化的功用了。後來儒家以詩爲六藝之一，想也與此淵源有自。而孔子所強調的「思無邪」和「溫柔敦厚」對詩文學批評標準，無不注重於詩的教化功能，故而歌詩三百，以入雅正。至於鳴鐸采詩，探求民意，瞭解社風，無不與修明政治攸關。從這些例證，我們中國詩文學固有數千年之悠久歷史，且把詩介入於政教，美化人生。就一己言，則抒發懷抱；就一國言，則賦陳政見。從政府以至人民，莫不浸淫於詩情詩意之中，所以我國的文化也可說是詩的文化了。

由於詩對我們的文化之有深厚因緣與影響，在文學方面韻文乃成了一特色，賅括了楚辭漢賦，六朝的駢文，一轉而爲詩的唐代三百年，傳遞於宋詞，以至曲令。雖名稱與形式或有各別，惟詩的質素還依存乎其間。而雜劇、平話，和小說中，又都出入以詩。今天我們觀賞到的國劇，所有的唱詞都是韻文或詞曲相結合，這也可說國劇乃是詩的歌劇，將小說、散文、詩和音樂作了最好的綜合藝術之表現。中國詩與樂，分了又合，合了又分，大概詩寫到最純粹時，必定逐漸離開了音樂，像新舊樂府詩，都是入樂的，詞亦如此。一達到純詩或純詞之後，就只供心靈的感受，無法入樂作爲感官的享受了。凡離開樂的詩詞，乃注重於情感的無聲節奏。凡合乎入樂的詩詞，則注重於有聲的節奏。無論情感的或聲音的節奏，無不以煥發詩思爲主體；因而人之六情，發乎其中，盡其言志明志之爲用。

傳統詩重格律、平仄與押韻，拘束了詩在固定的形式與韻律中完成；所以傳統格律詩發展到極致時，就難以再次超越，故有歷代詩風詩式之變。此一變的因素，來自生活內容之繁衍，語言結構之突破，詩人處於不同的時代環境之感受殊異，因而創造了新的形式，充盈了新的內涵，蓋非變不足以表現也。現代詩之適應現代思潮和生活，就需要現代生活的語言，表現現代生活的感受。所以現代詩之創造，亦如傳統詩詞之蛻變，乃一極爲自然的秩序，絕不可視之爲標新立異，其實「標新立異」亦正是文學的創造。溯自「五、四」以來，現代詩已閱周甲之年，其捨格律形式而求自由表現，六十年來語言和形式，多多少少也有它的「潛移默化」；其面貌、其聲音，究非一個模子印出來的，萬紫千紅，各放異彩，如與三百年的唐詩相較，則現代詩乃一生生不息欣欣向榮的有機生命體也。杜甫說得好：「不薄今人愛古人。」這不是鄉愿之詞，就詩的發展歷史來考察，乃是「各領風騷五百年」，都是奉獻了他們的心血，凝成了藝術的瑰寶。

我們縱觀了中國詩的發展源流，無論創作或理論，俱是代有發皇。雖然詩不一定要入樂，它總是提升心靈世界，美化生活情操的。近幾年來，詩的朗誦之興起，更培養了讀詩的興味。甚致於政府或社團舉辦的重要慶典活動中，亦多採用詩朗誦爲其主題之表達，仍如前代之推行詩的敎化。十五年來國軍新文藝運動，不僅有國軍詩歌研究會之設置，同時青年戰士報於五十七年即創刊了「詩隊伍」詩刊，爲中外報刊中僅有的一份詩刊。歷年來金像獎徵選的詩作品，至爲豐盈，每多傑出新秀。國軍之致力文藝工作，且在現代詩方面倡導不遺餘力，此亦世界上唯我獨具的風貌。詩固是敎化，亦思想的戰鬥，其於激勵人心，鼓舞士氣，則朗誦詩最能先聲可奪。據此乃將歷年獲獎作品，或主題詩，輯成朗誦詩集一册，並署以「龍族的聲音」。蓋詩是我們文化的主流，其所抒發者亦爲中華文化的生命情調，龍的形象爲古中國先人們所崇拜的圖騰，龍吟虎嘯，正也象徵了現代中國人之音容，而這一集詩，又莫不是詩隊伍的正正之旗，堂堂之鼓，它應以筆陣的前衞，文化的尖兵相許共勉。集中所收之作，僅就手邊資料彙編，且限於戰鬥性可誦性者。爾後我們還希望再次彙編一本純抒情的選集。本集承黎明文化事業公司，付梓問世，除供欣賞外，並歡迎學校社會採用朗誦，廣爲流傳。在此感謝諸家作品之提供，張默兄之辛勤編輯，使得此一「龍族的聲音」亦如春雷之鳴，揚我大漢天聲也。是爲序。

中華民國六十九年二月於臺北

第三輯　謁金門

第三講　西金門

謁金門詞

「金門來去，數難盡，美哉東南文物。太武西邊，那毋忘在莒偉人題壁。百煉硝煙，幾經風雨，此志勵冰雪。三軍嚴陣，擎天多少豪傑？望斷故國雲低，鄉愁牽一水，英雄無淚；莫負中原父老情，如許憂心明滅，把酒當歌，聲聲繞過了青山一髮。古寧戰鼓，依稀唱出江月。」

——謁金門詞用念奴嬌調步東坡韻

第四度來金門，前者曾寫現代詩八首，今依「念奴嬌」調，成詞一闋，也許有東坡赤壁懷古意味，惟東坡去我遠矣！而金門島究非赤壁也。四度相謁，各有所感，且情多殊異。者番重來，訪舊蹤，瞻新構，更非初履此者所能尋味耳。此詞初稿於迎賓館，石窟洞天之中，意興遄飛，寒燈之下，久久未能入夢，擁衣而坐，趁酒意乍銷，詞思縈繞之餘，忽憶及東坡「念奴嬌」，恰可愜此際情愫，歸來機上，一再低詠，遂定斯稿。金門迎賓館主謝增珙先生向我索詩，即以此詞書寄，爲補館壁一角之白。此外迎賓館爲接待前後方將士之處所，因而我之塡詞亦有驛站題壁之意。凡駐蹕斯島或來訪者，巡禮之暇，再讀吾詞，想其有同感焉。我今非橫槊賦詩，惟「少年投筆晚投戈」之情，當此一水之隔，對壘吟哦，雲煙遮斷重山路，望中淚盡，猶聞啼鴻處處。此一情境，想非東坡所能臆及，或孟德所能幸遇也。情同或境有異，境同而情有殊，人生際會，情境所感，眞是「蕭條異代不同時」。

古寧頭一戰奏功，挫敵於海域，繼經數度砲戰，以金門島彈丸之地，並不因彈雨傾瀉而來，稍有所挫，反擊之後却使敵人不得不藉「單雙」詭詞，而唾面自乾也。此亦以少勝多，以寡擊衆爲古來戰史添一新頁。卅餘年來西太平洋上有此中流砥柱，中共之不敢越雷池一步，實則古寧戰役決勝於前乃一關鍵。此後守駐這裏的每一位將士，他們的英勇和忠勤，不是什麼碑誌可以銘勒出來的。我去擎天廳，唯一的感受，是在廿餘年前那些年輕人的雙手鑿成了這樣的出神入化的宇宙中的宇宙，而今那些年輕的戰鬥者或已解甲，可是這些花崗石的洞壁上還隱約聽到鐵錘擊打的聲音，如果把它譯成一句不朽的語言，那就是一種宣告：「我們是開天闢地者」，這句話傳遞到今天，給予後來者的激勵和力量，該是何等的震撼與衝刺！

磐石與砥柱

我想我們每一隻手，都是創造者，猶如盤古之斧，開天闢地。不僅要擊打磐石，使甘泉溢流，使我們所有渴望的人都能從焦灼中去捧飲瓊漿。而且爲我們的生命創造另一個天地。

四度訪金門擎天廳，印證了當年那些擊打磐石的手，不就是開天闢地的執斧者，不就是從磐石擊打出甘泉的人！卅年之前，這座島，還是混沌的洪荒，我們的英雄投足於斯土，亦如三千年前出埃及的信徒，聽從了摩西的話，擊磐石爲洞天，取甘泉釀美酒。我們今天趁着陽春的脚步，投宿迎賓館，復訪花崗石醫院，這兩座新的營築，可說匠心獨運的藝術垂之不朽的，他們的手所擊打出的豈僅是物質文明；且表徵了盡物之性盡人之性的文化精神。

在迎賓館的那一夜，我夢着敦煌和石門那一系列的文化藝術寶藏的石窟，前代人的雙手所擊鑿出的洞天福地，而今延續了這歷史的長廊，讓我們再現了現代的風貌，從這些花崗石的摩挲，我們諦聽到天韻地籟，穿過悠悠的歲月，變奏爲天地之大美。

我於六十四年八月去金門，歸來之後，卽信筆寫了有關金門的詩一輯計八首，其中「我歌擎天廳」一首，我想可以體現金門島之砥柱精神。玆附錄於後：

磐古的斧
米蓋朗琪羅的刀
在弟兄們雙手中
運轉另一個宇宙
開鑿萬古的混沌
擎起洞天
踩出福地

多少手掌擊出的聲音
　　在這裏迴響
多少步履烙成的足跡
　　在這裏印證
弟兄們的胸懷

穹空中的穹空
地心中的地心
如此堅忍
如此高深
如此寬容
偉大而不朽
創造金門的神中之神

曾經血汗染色的
曾經炮火錘鍊的
曾經山靈為之驚喜的
曾經戰神為之顫悚的
你們千秋萬歲的名字和意志
曾經金石銘勒的
一列列升起的河嶽
一個個升起的星辰

萬流砥柱金門島
一劍擎天革命軍

為金門陶藝代籌

阿郎牽驢來，抱妾上驢背。
一路看花回，此情永不悔。

——題王愷陶瓶風情畫

在金門陶瓷廠裏，我們反賓爲主，各自據案作畫題詩，王愷隨興在瓶面寫金門風光之一爲「阿郎牽驢載妾歸」，並點綴以桃花夭夭，要我題幾句，以愜詩意，即成前引五言絕句。這個畫面要比金門鴛鴦馬更具情意，此瓶爲徐希汝先生所獲，移動時瓶頸碎成一缺口。却比原來傳統造型益增古趣。蓋陰陽圓缺，此事古難全，就藝術言，每一事物絕不是一成不變的，就詩而論也有其正變也。因而我覺得我們的陶藝工作者，應有創新求變的必要，雖說市場需要仿古之品，或者業者可以藉此維持其業績一定程度，惟就陶藝品質之提升而言，仿古畢竟不能爲中國陶藝史開一新境，況坊間所見仿古陶品，極少有高水準之作，事實上仿古絕難超前代陶人作品。

金門陶藝，近幾年有其諸方面進步，在這工作者，都是金門籍青年，不僅給予習藝機會，也輔導其就業，如能進一步培植陶藝人材，獎助來臺就讀陶藝科系深造，學成返鄉，則傳授其所學，提高陶藝品質，未嘗不是儲訓待用最佳途徑。

如果借箸代籌，我以爲金門陶磁廠，可就戰地風物創作一系列陶藝，邀請書畫及雕塑名家，留金一週，從造型的題繪，賦予新義新貌。在臺灣舉行一次金門陶藝創作展，既能表現金門的卅年來戰鬥精神，更能重現金門歷史文物於藝品，對於傳播藝術，便於收藏，兼而得之。這個想法，縈繞於腦際者十餘年，八年以前中華陶藝公司，曾在中山堂舉行類似此一展出，愛好陶藝者莫不以高價收藏，而今生活品質提高，欲得一品者大有人在，所以舉行類似展出，更能提高收藏興趣，爲陶藝創一新業，立一新形象也。

今天觀光事業大展鴻圖，惟在各勝地所出售的紀念品，大致一丘之貉，無甚可資紀念者，我在東京鐵塔，購一碟一杯，精緻玲瓏，碟心復印鐵塔，另以一金屬架，掛以一杯，以豎一碟，此一擺飾，係就當地風物而製者，可見日人用心之深，不像我們到處賣山地織物或木雕，好像整個臺灣盡是山地文化也。金門的莒光樓，曾印製過郵票，且成了珍品，如以原造型塑製陶藝品，豈不古雅，且一眼觸及到金門精神與面貌。未悉金門陶藝工作者有此構想否？

石室的歌吟

——金門行外記

巢棲穴居，那情景距離我們太遼遠了，我們無從想像那上古史中所描繪的種種。而今坐在金門的石室中、電化的生活畫面却蒙上古典的鏡框。況濡筆題詩，敷彩作畫，這一份心情又豈是穴居人所能料想！

爍金的花崗石，可以叩響出歷史的回聲，當這個島嶼初生之際，火流結出的石果，乃是最神秘的創造，你畫山寫水的筆觸，是否也能呈現那時間的隧道上爍石流金的速度？而你畢竟生在山水的胸懷裏，是否也能聽到山脈的流動，窺及水道的蜿蜒，在那遠逝的時光中？

天地有大美，它爲我們遺留了不朽的畫本。讓你盡其一生臨摹那生命的奧義！坐在石室裏，我們總覺得卑微已極，面着岩壁，叩問這顆心靈時，莫非也是一枚頑石，等待着女媧氏的素手來煉成五色，去補一角青天，或者讓精衞鳥啣石塡平一方碧海。我們自己就是如此的卑微，在大千世界中擁來一個山的空穹，小小的宇宙，如此寧靜而莊嚴。不是維摩花香禪意的病室，或者淵明柳舞菊放的草廬，這究竟是無以類比的神秘典藏。偉大的包容啊！深沉的堅忍啊！我們惟有走入這山的內在的世界，始有這般驚喜，這般虔誠，這般接近眞實。

陽光和花木，恣意開放在我們的頭頂上，這內外的世界，相互唱和着生命的歌，它們也有着芬芳的四季，裝飾着這座山的顏面，它們的呼吸，我們可以從髮叢中去感受那種勻稱與柔和，流動在每一寸花崗石的紋路上。我們非仙非神，却造成一座石窟的天堂，此非龍門，亦非敦煌，我們一雙堅忍的手，却正在創造中國現代的藝術；我們是血肉之軀的磐古，開闢着一個嶄新的世界，所有的神話，要成爲眞實的生活！

也許我們是一點一點的螢光，穿飛於石室，或者一粒一粒金砂，閃光於岩壁。就這樣把黑色的岩層點亮了。敵人曾經以百萬發砲火擦洗過我們的天宇，那只是談笑之間，煙飛火滅，爛銅廢鐵。從古寧頭到八二三，你在作戰圖上一筆劃過去，那豪邁之氣依然浮動於你的眉宇，我們爲這英雄畫像……所有金門人的表徵乾杯！乾杯！將軍你的名字應爲金石銘勒的，山神歡呼的！而你們從不計較這些微不足道的榮耀，却把這榮耀歸屬於所有永不屈服的人！

這些平凡而偉大的金門人，我怎樣來歌吟你千秋萬歲的不朽呢？世界上仰望你們的人，曾經親臨見證。那盈盈一水之間，你們以愛心搭橋，以壯志塡海，以勇謀守衞，如果是雷池，這一片碧藍的海，可使敵人寒膽的。

當我走過石室的隧道，撫觸每一面岩壁，我的十指間湧出的不是醉後的酒氣，卻觸及到金門人每一雙手的脈流！

八千萬株新生樹

——金門行外記

那片荒瘠的泥土，地質學家們有意爲媒，調和復調和，相互吸取，而今八千萬株木蔴黃，從公路到山崗，移植來綠色的夏在我們陌生的視野裏，鳥鳴蟬唱，處處生機。

當我們想及那一株一株的幼苗，冬天護風，夏日澆水，在他們勤奮的手上，仁慈的心裏，如同種植一個綠色的夢想，而夢境就如此的延伸在生活的土地上。

凡是參與過植樹的人，無論他仍留島上，或者早已離去，我想當其植苗之際，就是一種生命的紮根落實，那感受依然縈繞於這些亭亭的樹枝之間，在他的一生，這些生命的樹可以搖響他黃金般的年齡。不知道你在這島上曾過植過幾株樹否？就像你把雙脚紮根在這土地，曾經眞正探索到生命的奧秘！

那些老榕樹，你或者曾去撫弄過每一根鬚的，那些樹的年齡，可能歷經了數百年的風雨冰霜。

仍然華蓋擎立。我們來讀這些榕樹的歷史，手指間溢出的正是那從遠遠的鄉土流徙而來的前代人淚水和血汗。他們植樹的手和我們撫樹手，就是一次歷史的傳遞，異代的把握。我們將遞給後來者是一些什麼呢？尋根問柢，我們不能只顧擷摘結出的花果，護根才是種植歷史者最艱難的歷程。

詩人節在溪頭瞻拜了那株二千八百年的紅檜，而今在金門來撫弄這些新生木蔴黃和永不凋零的老榕樹，我對於這些時空中的見證者，由衷的湧出敬畏之情，樹的世界與人類社會，莫不是生命相與呼應着，凡是一株樹，必有它一片生長的泥土，必有水分和陽光的施捨，天地總是仁慈，既賦予它的生命，必定再給予繁衍生命的潛能。站在這座島上，俯看木蔴黃的綠色叢林，放眼紛擾的人類世界，如果再重新詮釋那兩句「樹猶如此，人何以堪」的意義，那麼對岸那些生民，是否也像這裏的每一株樹一樣獲得了泥土、水分和陽光呢？人啊！豈眞連一株草木都不如，在貧瘠中承受砍伐的命運？

仁民而愛物，並非怎樣高深的政治哲學，更不是僅是位居要津者行仁施愛的，凡是這個社會中的人，就同森林中的每一棵樹，奉獻你的仁和愛給你的族類，那就是我們所追求的盡己之性以盡人之性，盡人之性以盡物之性的一個和諧的互愛的生存世界！

金門島上的人，非聖非賢！可是在奮發有為的生涯中，在平凡落實的工作裏，他們從八千萬株新生的樹上獲得了生命的詮證，他們在愛己愛人愛物的實踐中，寫出了他們一部不朽的人生哲學，莊嚴的人類歷史。

梨山行

萬樹梨花帶雪開，梨山今日又重來。
武陵想見雲深處，可有仙桃為我栽？

——梨山漫筆之一

此次去福壽山，登達觀亭，在雲海霧陣中的二千四百海拔山上，剛剛飄落的冰雹還裝飾着一路草地，這片多象，比起桃紅梨白濃濃春意，好像我們寄身於春天和冬天的邊界上，迷離的季節感，教人迷失於這人間天上。

兩年前來達觀亭，是在七八月之間，天高而氣爽，四顧羣山起伏，偶然雲層浮一大白，那種流動的感覺，彷彿縱身大化之中，隨雲出岫，如鳥歸林。而今霧迷雲封，惟有天池的清麗，還像一面天空的粧鏡，映出我的煙火未滌的面貌。若果容我濯纓濯足，振衣作神仙，丢下這一副臭皮囊，豈不美好！畢竟我們為了這副臭皮囊而爭逐於煙火世界，面對着「達觀亭」題字，想當年那位離我而去的老人，曾經在此頂峯，攬雲山，探星月，一樣觀自在生命，關懷着蒼生，憐憫於草木，物與民胞，莫非是一顆仁心包容着這天地！

我不是來賞花的，或者品嚐果實的，總因花的燦爛容顏，給予我是生生不息的果實的生命，花、或者果，在此荆棘的荒山莽野，墾拓繁殖；那些墾殖者的血汗，灌溉了這土壤繁衍的生命之花之果，爲天地再造了一顆好生之心。我們賞花品果，不應忘記那些胼手胝足的營造豐收的人。

面對着羣山萬樹梨花萬樹桃，我覺得這自然無言之美，它的謙鄙之情，呈現於一粒種籽、一朶小花、一株小草、一鳥一獸，無不自誠摯中逸出，因而我們更卑微，更羞愧於這自然的偉大與神奇！我們常常牽掛於一些不足道的塵世爭執，如果能接納這些山林的寧靜與和諧，該可滌塵去垢，使得一顆本來乾淨的心地更是清明，更是敦厚了。

我們不會是趁着這春天的尾梢，來此踏青的；或者偷閒貪福的人！想也不是什麼過客的跫音踏響這山谷！一片雲，一團霧，眞個霧迷雲封着這武陵仙境。日邊紅杏，天上仙桃，眞是一種高不可攀的生命之根植！淵明之寫「桃花源記」，也只是一種別有天地的理想之追求，亦如他的「悠然見南山」，都是虛無縹緲。因而他只能擁有松菊之徑，草屋八九間了。從夢與現實之中，人總是一個苦於掙扎者；不是被夢迷失了，就是被現實吞噬了。我在梨山別館那寒夜孤燈下，看見了自己的清影，就同這山際的雲散漫於四壁，徘徊復來去，不知何所之！

蘋果的啓示

——訪福壽山莊

現在我們市場能買得較便宜而又新鮮的國產蘋果，這是奇蹟，在我們榮民的血汗播種之中，開花結果的。

在日治時代，日本的農業專家，也曾研究試種，始終未獲成功。廿年前的梨山，還在草莽中，橫貫路仍在開拓，爲了能在梨山種些蔬菜，供應開路英雄所需。經國先生率領宋慶雲場長一行向這塊處女地探險，披荆斬棘，按營紮寨，從草莽中開闢了今天的福壽山莊。隨行者風餐露宿，在星空之下，他們都曾有一顆夢想，要在海拔二千多公尺的山上，播種理想。種菜成功了，接着要培植梨和蘋果。

起初，臺灣的農業學者專家，總以爲這是不可能的事，經國先生和墾拓者的意志，就是要變不可能爲可能。從無到有，這才是創業者精神。因而獲得二千美金的外滙，採購品種。在當時這個數字，是很可觀的，而且珍貴。蔣先生的信心，給了榮民們莫大鼓舞，五年之後，結成的果實，甜美豐碩，捧在手心的蘋果和梨，正是證明了人定勝天那句話。

當理想尚未顯現之際，有些榮民認爲一棵果樹要五年才能結果，總覺前途茫茫。其中有位榮民，將分到的果苗，隨便亂栽亂植，甚至有一棵插進垃圾堆，想不到五年後這棵垃圾堆中的蘋果樹却收穫了總共五千七百九十五個蘋果。說奇蹟，這也是令人難以相信的奇蹟。山東好漢宋慶雲場長，提起這一戲劇性插曲，他的描繪，也是梨山奇譚之一。

宋場長以農場爲家，這位老光桿，全心全意在每一棵果樹上，山東的家鄉也是蘋果園世家，而今他是我國數一數二的梨蘋專家。他曾爲泰國國王禮聘指導種植。他在梨山，不但是果農們的老師，也是開山主，不但爲榮民們創造了財富，也使山胞們富裕了生活。我們來到福壽山莊曾參觀了果農的住宅，屋裏的陳設，怕臺北市有些人家趕不上如此現代化！他想起頭一次上福壽山，和蔣先生兩夜露宿在莽草叢中，那光景依然如在眼前，總覺得那是最溫暖的最酣甜的眠床。當他領着我們指點那些山坡上的黃金一般的果園時，他的臉也像一隻紅潤的榮冠蘋果。

我握了一把泥土，想到辛勤的榮民，他們獲得的不僅是生活上的富足，而是信心的的開花結果，彷彿他們都是牛頓的創造！

探求魚類生命世界

子非魚，焉知魚之樂！事實上，今天養殖魚的人，他們不但以養魚爲樂，而且如魚得水的那樣喜樂也。

我們參觀了輔導會漁業管理處，才知道他們從繁殖到生產，爲國人增進了美味，也爲國家賺取了外滙。他們究竟不是姜太公垂釣於渭水之濱那般心情「大魚不來，小魚來。」這裏的魚類的專家，以最新的科學方法改良品種，創造了魚類繼起之生命。有一條多瑙河裏的鯉魚，從遙遠的異邦移殖到臺灣，現在已經「多子多孫」，綿衍了牠的世澤。

利用水利設施繁殖，可說農業水利的多目標的運作，本來這些水等待灌溉用的，而現在轉益於魚類養殖，又增加了一項財富，眞可說「利用厚生」，使「水」的功效多用途的發揮極致。這裏的榮民，都是身經百戰的英雄，輔導會使之退而不休，老有所養，就其工作興趣，分別輔導就業，魚類養殖只是其中一個部門，現在我們的英雄就業於魚類生產線上，他們學而時習之，不僅知識的獲得，也從養殖事業中培養了自己的生活樂趣。這莫非就是「智者樂水」，進而知魚之樂了。

宇宙間許多事物之奧秘，等待人類去探求，去創造另一種生活面貌。魚類之於人，當是另一類的接觸，開啓了一個陌生的經驗世界。孔子亦曾就讀詩說到認識蟲魚草木，培養對自然界的認識，榮民們在這一本養殖學的課本上，吸取了最新的養殖知識和親身閱歷的經驗，他們的成就可能勝過讀過水產學的人。「一門不到一門黑，」本來一個人的經驗世界是有限的，活到老、學到老，不斷的探求，始是人的生活意義。

小港水產研究所廖一久博士，曾經就烏魚繁殖作了最新的研究試殖而獲致成功，吸引了許多國際上魚類專家來臺就敎，廖博士不因小善而不爲，他從一尾烏魚的繁殖嘗試，使人類對於魚類方面的知識開闢了新徑。因而榮民們從就業到求取新知，這和廖博士的研究是一樣具有價值的，我們今天從菜市場可以買到廉美的吳郭魚，也該想到吳郭二氏當年之偶然的移殖，使後來人享受了他們的成果。因此，養魚豈是小技，壯夫不可不爲，從另一種生命中去拓展自己的生命意義，可說偉大而不朽的。

復興山莊隨想

桃園縣團委會的文藝營設在復興山莊，山中氣溫低於平地十幾度，眞是個避暑好去處。我在桃園留連了五年，總是沒有機緣入山探幽，此次應邀上山和年輕朋友們談詩，可說求之不可得的際會。而且前一天去，有一個淸閒自得的下午，可以儘情領略此中情味。

山莊和賓館毗鄰，古木參天，蔭影滿地。有百棵梅樹，如在冬尾春頭，定必梅香陣陣撲面而來。賓館開門常開，任遊客瞻仰。館中簡樸設備，亦如老人生前起居，許多來遊的人，總以爲一國元首的行館，必是富麗堂皇，想不到所有陳設，還不如一個小康之家。如此平易近人，教人興起田園雅趣。記得四十二年春，我曾親聆老人言：「如果我不是元首，眞可以竹籬茅舍。於願足矣。」徘徊在賓館走廊，他的話語，猶在耳際。當他離開了這世間，這座賓館也隨着開放，讓所有他曾愛過且愛他的人，來親沐遺澤，一桌一椅，莫不是象徵着偉大而自然的風貌，門前的一對相互攀援的榕樹，是老人伉儷在三十九年手栽的。三十年了，後來的人走過這拱形的榕樹下，該也承受到餘蔭的照映。

從賓館的走廊望去，大崁嵙溪的兩岸，斜壁與梯田形成了狹長的峽谷。黃昏漸漸近了，山色在不停的轉變中，偶而林間逸出二三聲蟬鳴，刺破了我的寂靜的凝想。煙靄縹緲地浮遊每一疊的山脈，似乎造化之神在這裏寫他的夏晚小品。這些山和水，雖不是四明的樣本，却含蘊着故土的氣韻。和那種相看不厭的情思。這走廊的一角，曾經有過永不泯滅的步履之遺音，低徊不已。梅臺那頭想也有他的碑立的背影，報國與思親，那琅琅可誦的節奏，繞過了每一株梅樹的對答枝椏。而我少年遊子，天涯鬢白的人，諦聽你的步履，想望你的背影，在此一抹夕陽裏，眞是江山無語，我獨愴然。

今夜的月色，不知照過幾遍梅樹，在我的夢裏是否應有故國神遊的脚印，在林影交錯的小徑上，去而復返地尋覓着一個多年失落的夢，就在梅臺那邊，不知是誰吹起了清笛，把整個的月下山影吹亂了。我的頭髮在山風裏披散，總是繫不住那千絲萬縷的塵煙。此刻復興山莊裏的燈火，正照着一羣年輕人心靈的探索，我該去就他們的歌聲，爲他們譜出一闋和聲！

「吳鳳不如飛禽」論

我在嘉義住了前後八年之久，嘉南平原風日美好，頗愜人意。嘉義之得名，正因吳鳳之捨生取義德行，以之嘉其義也。四十六年左右，吳鳳廟在荒草迷煙中，顯得冷冷清清。駐軍首長王重三將軍，令兵工修葺周圍環境，並築兩亭，一爲「歸仁」，一爲「取義」，以供來遊者瞻仰之餘歇憩省思。園中有吳稚老手撰，賈景老丹書一碑，另有日人慕吳鳳之仁義精神，有重修此廟記事碑。廟之附近有吳鳳成仁處，除添建吳鳳騎馬銅像之外，別無可觀者。前歲過嘉義曾驅車謁廟，惟園景極爲荒蕪，而此地今爲觀光之古蹟，任其荒圮，無異自毀文物遺跡。近讀新聞，知嘉義議員對行政當局有所疵議，謂補助天然鳥園上億，獨吝於修廟，一文不給。眞的一介吳鳳，不如滿天飛的禽鳥了。

引頸就割，乃義之所在，故吳鳳從容就義。曩昔建廟以祀千秋，乃後人崇功報德之誠敬，亦義之所在，禮之當然也。而今主管官署，昧於此一義人德行，而吝於修葺區區之費。是亦此等主管人員，與鳥有何異哉，許多國家除了致力維護文化古蹟，並多方設計創造景觀，我們旣有如此大仁大義之德行，眞人眞事之遺蹟，棄置不顧，莫非數典忘祖耶！當年太史公治史記，遍訪遺事遺跡。他之「吾從周」蓋以事蹟文物可尋可按，故而不遺不漏採而爲史，爲中國文化留下了一部眞實紀錄。此一重視歷史文化的精神，我想地方官署該當讀讀史記，而後自反自省之。或者有助於今後文化財產之傳承。

至於整理或修護文化古蹟，可不是翻新花樣，當以維護爲主，弘揚爲輔，否則改頭換面，就失去了文化歷史的面貌與精神了。卽以韓國漢城秘苑老王宮爲例，五百年以來，雖歷有修護，但能保其面目，蓋文物史蹟以「眞」爲貴，卽殘垣片瓦亦漢闕秦關之謂也。教育部對此想有最妥切之計劃，其維護技術宜請對歷史文物具有認識者爲之指導，否則任令土木工拆之修之，油漆匠塗紅抹綠，豈不糟蹋了史蹟？目前觀光旅遊者，無論國人或外賓，訪古尋勝，採知其詳，似乎每一勝地，都缺乏最完整的敍述資料，吳鳳廟之事蹟卽付闕如。除了贈予觀光者圖文資料，至於現代人對此史蹟有研究文獻，或文學藝術作品，未嘗不可精印成中英對照本，就地出售。不要讓觀光客旋風式遊覽一遍，還不知吳鳳爲何許人也。這就失去了藉觀光進而作到文化交流的意義，頂多賺取一點外滙而已，那對國家文化歷史之弘揚又有什麼意思呢？

上帝造泉人造酒

在擎天峯將軍宴席上，品飲着陳年高粱酒，香醇可口，耐人尋味。此行善飲者衆，將軍傳令，頻頻勸飲。我是滴酒可醉的，面對這位三十年前老友，而今是戰地主人，殷勤添樽，不免一杯復一杯，頹然欲醉了。

上天在此碧海四抱的花崗岩島上，却那麼仁慈的賦設了磐石中涓涓不息的醴泉，讓釀工營造，飲者爛醉，高粱大粬，已成了金門的雅號，紀弦有首「上帝造人人造酒」的詩題，如要稍易一字，「上帝造泉人造酒」豈不人定勝天，功參造化；舊約出埃及記裏說：「你要擊打磐石，從磐石裏必有水出來，使百姓可以喝。」在這裏的人，不僅擊打出磐石中的水讓百姓解渴，而且把磐石中的清泉釀造成人間美酒，天上瓊漿。品金門酒，該當品到這一層意味，那我們眞的醉翁之意不在酒了。

那一晚趁着酒意，在迎賓館裏展紙作書，小說家洪醒夫坐索一聯，隨筆成五言聯書贈：

「醒」者有真意
「夫」子復何言

把「醒夫」冠了進去，而且是流水對也。醒夫從事國民教育，弦歌不懈，此書情懷莫非也是夫子醒者眞意。李商隱詩：「座中醉客延醒客」說來我也許就是座中的一介醒客而已。醒夫乃一狷狂者，在他讀師專時已在小說創作嶄露頭角，一個有理想的人，奉獻於國教，爲天眞無邪的赤子，沐以春風，霑以化雨，這才是爲文化播種植根的人！

在島上的夜，把影子倒映在晶瑩剔透的酒杯中，我們醒着，等待鷄聲破曙；眞有吾師杏村先生當年題贈中兩句詩的寫意：「舉杯和淚吞雲夢，拄劍看天失斗星」。那時冠年，不識人間事，而今面着這大海，這天空，故國河山都來眼底，酒香劍氣中，豈止於鄉愁一縷縈繞胸際耶！我們從來時路上踏過千山萬水，脚底是泥香汗味，是血跡，是硝煙；我們的臉譜塑出了歷史的形象，刻劃了時代的憂傷，突出於這騁馳的風塵。

把酒當歌，聞鷄而舞，擊楫中流的人啊！黃河的水要在我們的手裏澄清，醒於酒，醉乎歌，一個窖藏了三十年的意志要在盾上磨亮明天的日子！先人們的吶喊的靈魂，在這樣海天之夜，那遙遙的召喚隨着潮汐湧向我們奔騰的心湖！正如說「亂石奔雲，驚濤裂岸，捲起千堆雪」的飛揚！

第四輯　獲印記

獲印記

常常在筆墨之餘，隨意塗鴉，這眞是「夫子不嫌醜字」也。偶爾好友相索，爲了補壁，間有可觀者，而所題大多嵌字聯句，歷年積月，已達數百則之多，惜皆隨書隨遺耳。

每書楹聯，必須用印，惟我所藏者僅僅可數幾方，丁巳歲王北岳兄爲刻兩方，復承漸齋老手鐫相賜。今則薛平南兄惠賜於羊年歲首，備此三家之作，眞可說羊交三而成泰也。但願羊年之來，大吉大羊。

平南俊逸青年也，書法金石兼工，既厚於我，必有以還贈，遂綴嵌字五言一聯書奉：

「平」野青未了。

「南」山獨悠然。

我說他俊逸，亦如青青平野，一望無涯，這樣開暢而爽朗的世界，也是一個有生命的藝術世界也。青色總屬於欣欣向榮的生機，平南在藝術方面之追求與墾拓，想亦如是期許之！下比我則以淵明的詩為之顛倒，去掉一個「見」字，而易以「獨」，在意境上言，別有一層。陶詩「悠然見南山」，因與前句「採菊東籬下」乃一不可分割者，我之所以說「南山獨悠然」，乃一獨立的，不須假借另一景象藉示南山之存在，而南山自然自在矣！上聯寫一個藝人的俊逸的胸懷，下聯則象徵了一個藝人的獨立的人格和意志。這些對於中國藝術家乃一不可闕如者。

當然此聯工拙如何，非我所計較者，亦不過翰墨因緣，聊抒一點心意耳。我想平南在藝事上乃一奮發自勵者，正如春天的平野一片青意，大塊煙景，可著文章也。他為我羊年鐫印，兆福呈羊，我則以此聯共勉，邁赴新境，乃藝術愛心之相印照。惟我貧賤，名既不能勒諸燕然，貌亦不可圖於鱗閣，今獲贈「羊令野」三字之印，印照於翰墨之中，圖個稱心遂意，則已足矣！二王一薛之厚我者，較諸黃金印猶有過之，我究竟不是乾隆，擁有了天子玉璽之餘，還要把玩他的那一大堆金石，坐在宮庭蓋蓋點點那些國寶典藏。

事實上，像我這樣的人，只須一顆木刻圖章，偶爾在稿費單上蓋一蓋就心滿意足了，還要掌什麼印幹啥？掌印還得有權，可是我却掌了一個印把子，既無權也無用了，是為記！

追遠溯源的文化

轉眼就是農曆春節，海內外中國人，對於這個傳統節日莫不重視。這個節日所表現的吃喝遊樂，却是含蘊着民族文化。

春節前的祭祖，在肅穆之中朗誦族譜祖宗名號，其意義，一是讀譜請靈，以表達子孫追遠歸宗之情，一是念念不忘先人幽德靈光，以勉子孫克紹箕裘，振我家聲也。這個傳統，也就是「血統」溯源，這與「道統」和「法統」乃是一個民族，一個國家的三大支柱。從家譜到族譜以至縣誌或地方誌，它的綿衍發展成爲一個民族的悠久光輝的歷史。這樣自然的形成，不須靠政府組織力量，根自血統，乃一生命的延伸。因而天主敎過去幾年也有祭祖的活動，而這樣的祭祀活動，就勝過敎堂彌撒了。因爲在存歿之間，依然保持着倫理關係，以及人情味道，這也是以人爲本的文化，一點也不玄而玄之。

雖說祭祖屬於農業社會產物，可是從一個中國人的姓氏、輩份，以至籍貫，就可以遠溯其宗族的歷史，它與現代文明並不相悖。比如從前家家有紙燈籠，並有「××世家」字樣，只要看燈籠，就知道他的世系淵源了。從世系上也可看出當時社會的變遷。我去金門山下，那個村庄都是姓王的，所有房子均爲清代建築，門額上嵌有「太原王氏」石刻，這一支姓王的都是山西來的，其先世大都是宦遊來此，終於定居，但不忘本，以「太原王氏」告示後世子孫。而今我們的照明是電燈，我們的住宅是雜居的公寓，却無以標示張三李四的世系淵源，此一「根」的文化式微，未免可惜。

臺灣「陝西村」的發現，一時轟動，使許多人總想查查自己的世系何處？臺灣省電影製片廠將籌拍「陝西村」劇情片，讓大家回顧一下自己的根源，不說祖宗八代，至少三代也該記着，不說始祖何人？至少你的祖先來自大陸何處，理該弄個清楚？省製片廠拍製這部「陝西村」，大概旨在喚起在臺人士尋根的觀念，也是弘揚傳統的倫理文化。如果着眼於此，則從「血統」的尋根以至「道統」的探源，我們的中華文化之植根，之繁榮，之壯大，也就是從自己的「根本」做起，這未嘗不是文化復興最好的開始。

不知道你家有一部族譜否？或者擁有一部縣誌否？各宗親會似可着手整理一份世系譜，以供宗親們追遠溯源，亦一善舉！

惟今文章皆下品

稿酬之多寡，不能表示文章之高下，所以說「文章無價」也。偏偏有個不成明文的陋規，時下稿費之付給，也有相當差別，海外稿、海內稿、學人教授稿、一般作家稿，就像梅龍鎮上有好幾等的茶飯，因而稿酬也有所不同。雖說每一位舞文弄墨者，不一定是「煮字療饑」的人，可也不是開口閉口「阿堵物」、「孔方兄」者流。在今天這個工商業社會裏，莫不是「見錢眼開」也。

嘔心瀝血，搔首撚鬚，完成一篇文章，換得若干稿酬，這種自毀身心的工作，眞個莫大的犧牲，如果沒有那點自虐狂，他必定洗手不幹這等傻事。因此有人把自己的稿酬標個價格「千字千元」，實在無可厚非，我想作家們的手腦，畢竟不是打字機，可以隨意組合，下筆萬言。目前副刊稿件，長過萬言的，怕有冷藏的可能，縱然多產，亦徒勞無功！況「一言堂」、「不二價」乎？

當前以稿酬之給付，寫詩的朋友最淸苦了。寫一首詩所費的時間和心力，可寫散文萬言了，因而詩的稿酬，近年來主編們偏憐「斯人獨憔悴」，卽略予提高，亦不過數百元耳？說不定主計單位還要細數多少字，多少行！好像詩人佔了莫大的便宜。却不知寫小說的，眞正「名至實歸」者，說一個「是」字或者說一個「不」字，豈不一字一行，這般計斤較兩，固是俗不可耐，如果還要除掉標點符號計酬，必更笑話了。

好在一份報紙，同業所爭的乃「副刊版」也。其他國內外要聞或地方新聞，莫不一律，沒啥可爭的。副刊這個陣地，風雲際會，各顯神通，你家有張三的，我家也得有李四的。當主編的必須麻子的「點子多」，不一定要什麼文學水準，其實也「水準」不起來，它的編輯政策，握在老板手裏，表現在發行統計表上，縱然韓愈再世當主編，也難文起一代之衰也。因而文學水準之高下，不能決定一個副刊的內容，總而言之，它要照顧到芸芸衆生，「古調雖自愛，今人多不彈」，有啥用呢？

所以千字千元的文章，也不一定是什麼不朽之作。偶而讀到一二篇夠得上文學之作，那是你的幸運——黃道吉日。

萬卷書三尺劍

「風塵三尺劍，社稷一戎衣。」這是何等情懷？可以想見一位國士的風貌，衣帶書仁義，寶劍夜鳴時。

「讀書破萬卷，下筆如有神。」這是何等才筆？可以想見一位國士的文采，「詞源倒瀉三峽水，筆陣橫掃千人軍。」

近讀新聞報導，欣悉總統府資政兪大維博士先後捐贈臺大學術名著凡七千册，嘉惠士林，寄望殷深。近復委託聯勤兵工廠鑄造一批「金門之劍」，將分贈現役高級將領，勉以「制敵於彼岸，擊敵於半渡，摧敵於陣內。」老部長的深情，令人感奮不已。

兪先生爲國際知名的彈道學家，此外於文史哲涉獵至博，允文允武，是讀書人，眞國士也。今贈書贈劍，尤見萬丈豪情，不僅受之者感其愛德之賜，即聞之者亦莫不爲之鼓舞。

「金門之劍」，其所象徵者已非區區三尺之器，眞果是「萬流砥柱金門島，一劍擎天革命軍」。意深情長，銘人胸腑。俞先生對國家至忠至誠，致力國防，澤被將士。玆以書劍激勵後進，開卷則古道照人顏色，撫劍則壯志凌貫斗牛，此一傳統風誼，令人想及黃石公貽書、吳季札贈劍之高古情懷。

幼時讀詩，最易琅琅上口者則爲「別人懷寶劍，我有筆如刀」之句，而今青年，旣學書亦習劍，期於文武兼資，蔚爲國用。王安石有言「富者因書而貴，貧者因書而富」，此富此貴之涵義，不獨於名利之保得，乃人格之昇華與完美，胸懷之開拓與充實，富而仁，貴乎義也。自來名馬寶劍，慨贈英雄，作國之干城，爲民之前鋒，無不在取義成仁之際，見出肝膽。故書劍仍以仁義精神寄託之，況「金門之劍」，在乎旋乾轉坤，一劍北定中原。

俞先生幼承庭訓，家學淵源，敎忠敎孝，立己立人。此即孔子所說的：「君子事親孝，故忠可移於君，事兄弟，故順可移於長。居家理，故治可移於官，是以行成於內，而名立於後世矣。」夫孝爲德之本，俞先生德惠將壇士林，正是，「移孝作忠」之美德，廣爲弘揚。使人蹈礪奮發，毋自因循。當其讀百家書，握三尺劍之餘，應念念不忘君子之厚贈，至德之所本，則一人受之，衆人享之。

水之聯想

每到夏日，在臺北住的人，就怕水荒，這幾年水資源開發，只要不是久旱，還可勉強維持一個夏季。自從遷至永和居，總算免了夏夜汲水之苦，不像芝岩草廬那幾個夏天半夜裏接水，涓涘之意，眞是「水龍吟」也。

使我想起洪塘老屋，東向山崗邊有一水凼，鄉人呼謂「葉家井」，其實附近並沒有姓葉的，也許葉姓主人後代絕滅，只賸下荒井一口，猶是水涓涓而始流也。在冬天，水面浮煙，溫度在六十度左右，夏日則冰可徹骨，此地泉也。鄉婦們大多來此浣衣，可說宜冬宜夏。由於夏日久旱無雨之際，飲水井大致枯涸，而葉家井却成了這一帶住戶的源頭活水了。這口井只能說是清流一泓，山脚一洞穴，水自洞穴中湧出，林樹雜生，三面環擁，夏午至此，如坐天然冷氣。水質清冽而甘美，如汲之烹茶，想不遜於天下名泉。

朱熹曾寫過「觀書有感」的七絕：

「半畝方塘一鑑開，天光雲影共徘徊。
問渠那得清如許，為有源頭活水來。」

這首七絕，看來與「觀書」題意有了距離，不過夫子以方塘來比擬書中世界，一鑑大開，天光雲影相與徘徊其間，其清澈明覺之心，蓋有思想的源頭活水不絕流來也。葉家井只是一個實境，亦如方塘半畝相照；以之擬書卷，擬思想活潑源頭，自是理想的造境。此與仲尼臨川而嘆曰：「逝者如斯矣」！乃同樣是現實與理想之間的交感。朱氏以詩表現「觀書有感」的另一層智慧的煥發的新境，他該是最能深思者，最能發乎機微者。

有人但願一甌在手，不願五千卷撐肚腸，此乃飲者之道，如把五千卷撐了肚腸，那眞是枉讀書了。說得不好聽，那種人頂多贏得「有脚書櫥」之雅名而已。如果像朱氏把書卷當作了一面明鑑，相映肝膽，把思想過濾成源頭活水，則自然清澈多了。如說飲水可以治病，那我沒有此等經驗，如說像中外神話中的水仙，臨淵自戀，那也是顧影自憐不足道的。我覺得還是儒家對水的詮釋與感知，至少能有補於人生的迷惘，使之豁然開朗，愜人心意的。因而在這樣酷暑之際，不妨去讀一些書，或臨照一泓清流，對於你的心靈，該是一帖清涼劑也。

有容與無欲

「有容乃大，無欲則剛。」這八個字，人們如果修得到此種地步，則是出聖入凡的人了。但「欲望」秉於人性，生而有之者；物質的欲望、精神的欲望，只要一口氣尚存，這些欲望就交戰於一心。所以要壓抑人的欲望，實在不是一件容易的事。有了欲望，必有追求，追求不得，或未能滿足其欲望，其間必然產生不能「容忍」之事物關係，以有限之心境，去容納無窮盡之事物，自是難事。人世之間爭逐紛紜，莫不始因於此也。

「海納百川，有容乃大。
壁立千仭，無欲則剛。」

這副聯，不知出自何人手筆，聯中上四字，象徵了下面四字的涵義。汪洋的大海，可以容納百川，所以它是偉大的。屹立的岩壁，堅定不移，在於它無欲，故是剛毅勁拔！它象徵了山和海的生命本源，也象徵了偉大不朽的人格。一個國家的興起，一種文化的不朽，莫不是從有容中凝積爲大，從無欲中淬勵成剛。

民主的精神，無非是容忍。能容忍始有其大有爲也。比如文學，流派各別，你寫你的，我寫我的，這樣才能蔚爲「萬紫千紅總是春」的文學復興氣象。如果把文學冶鑄爲一種模式，則文學的生命將趨於枯槁，自難繁衍爲多姿多采。因而偉大的批評家常常不出現在創作最旺盛的時代，是有道理的。一個不朽的文學作品，卽不受時空限制，也不受階級限制的，它應屬於全人類與歷史的全程。因此，批評家的尺度也應當從這方面去裁量！

管中窺豹，只見一斑。我們常在一些偏見中爭執一己之見，對於事物的審察，就難把握到全般，就難表現其眞實了。許多以社會寫實的作品，莫不是以一「點」之現象，而妄言全「面」之觀照，如此捨本逐末的寫實，比虛構與聯想還更危險。如果只容許一家之言，而排斥百家之爭論，不僅藝術無以發展，而學術亦將故步自封了。

天地無私，故而能容萬物之向榮，人如果有了私慾，則其胸懷之狹窄，自難容納天下蒼生。無論你從事文學，或者政治，民胞物與的胸懷，乃是最起碼條件，否則你容不了這世界，這世界亦將捨棄你了。

菜根新譚

「布衣暖，菜根香。」本是農業社會一種生活滿足的境界，許多人就在這一境界中度過生生世世。固然它是鼓舞節儉樸實的美德，同時錦衣玉食，需求過甚，則一食萬金，尚覺無下箸處。一年前日人在香港，舉行滿漢全席之宴，耗貲數十萬金，其奢侈可傲帝王。其三天之宴，喧騰於傳播媒體，眞是招搖之極。我想這些日本人，食而不知其味，倒不如「飯蔬食、飲水，曲肱而枕之，樂在其中矣。」那種淡泊自如的人生情趣也。

粗茶淡飯，在今天預防疾病，惟菜根眞個香也。杜甫贈衞八處士詩：「……問答乃未已，驅兒羅酒漿，夜雨剪春韭，新炊間黃粱，主稱會面難，一舉累十觴……」老杜一向是「百年粗糲腐儒餐」的，好友相逢，也只是蔬食而已，而且主客相醉，無限滋味無限情。而李白在「花間一壺酒」之際，舉杯邀月，對影而飲，也是自得其樂的。所以生活情趣，不在乎物質之奢也。

想起農村，半耕半讀人家，總是留一些餘地，一半兒種菜，一半兒種花，誰也毋須上市場買菜，自給自足，無虞匱乏。而今再也沒有一塊泥土，可以讓城市中人，自種自食了。農村有「菜農」，甚至有專家在亞洲蔬菜中心，研究增產，因而今天的種菜，已非昔日光景。最近菜價起飛，接近了肉類，據新聞報導，其中原因，並非菜源不足，多半人爲也。菓菜公司對此漲風，無可奈何！於是有「菜蟲」一名詞出現。主管單位，似應從根本上尋求對策，杜絕菜蟲中間剝削。掌握菜源，抑平菜價，以免市民與菜農兩受其害。

從蔬菜問題，聯想到猪肉牛肉灌水，這比起漲價尤爲嚴重。因爲灌水的肉類，涉及到大衆健康，這種利己損人，傷天害理的勾當，已影響了公共安全，這種人乃「肉蛆」也，其罪惡尤重於「菜蟲」。本來「菜根香」的，爲了農藥已使人們多躭一層心事，而今菜價漲，肉灌水，不免教人有「病從口入」之感。屠宰商是否有「立地成佛」慈悲；刀下留情，不要再枉顧人命，禍及大衆！否則那把宰猪的刀，眞個殺人不見血也。

願那些「菜蟲」和「肉蛆」迷途知返，爲市民的健康設想！善哉！善哉！

人鼠之間

華德・狄斯耐創造的卡通明星「米老鼠」，首次與世人見面，是在一九二八年十一月十八日上映的第一部有聲卡通電影「威立蒸汽船」，其後製作了二十六部「米老鼠」影集。狄斯耐在偶然間發現一隻車房裏的老鼠，經過他的日久觀察，匠心獨造，使這隻「米老鼠」人格化，成為永生不朽。

「米老鼠」在卡通影片中，所表現的乃是歷盡折磨險阻，而終獲勝利者的形象，這也深深扣響了二次大戰經濟蕭條中的美國人的心弦，這位卡通明星今已五十大慶，創造人華德・狄斯耐已於前年十二月逝世，但是他一手創造的「米老鼠」却仍然活在世人心裏。

在本國人的評價中，鼠輩之屬最為等而下之者，城狐社鼠，以喻小人。鼠的形象在國畫中偶而出現，惟在干支中却佔了一席。七俠五義中五鼠鬧東京亦不過是綽號渾名，究竟不像狄斯耐筆下的「米老鼠」，所以「過街之鼠，人皆喊打」這是鼠類在中國社會中註定的命運。

因而想起「醜化」與「美化」決定了一種傳統的觀念，狄斯耐美化了米老鼠的形象賦予了善良的人性，因而美國在二次大戰中所有宣傳品恒以這個米老鼠爲偶像，創造了人與鼠之間最和諧的感情。可是在中國一句「城狐社鼠」，却醜化了老鼠的形象與屬性。

連帶的想到聊齋誌異中的狐鬼，因爲它善變，經過文學家的美化爲絕代佳人，並賦予賢慧可人的德性，所以讀聊齋總給你想入非非，由於藝術的創造，使醜惡的形象轉化爲美與善的典型，此一創造，正也符合了人類的嚮往之情，雖說是假象，但却塡充了人之理想中的空虛。一般人總以爲狐是狡猾而鬼則猙獰，藝術家就是要改變原有形象，創造另一生命形象，所以文學與藝術給予人的乃智慧的啓示，乃情感的娛慰與滿足。

在人類社會中，城狐社鼠，除之不盡，文化的陶育，道德的規範，有時對於此輩狐鼠，不足以警誡，誠有道高一尺，魔高一丈之感。惟善總是人性的光輝，我們希望有更多的狄斯耐來創造更多的米老鼠，我們更希望聊齋中的鬼狐永遠轉化爲完美的人性。因而我們的電視影劇作者，是不是也可以從五十周歲的米老鼠生命歷程去認取一些藝術創造的經驗呢！

苦樂說

大寶積經：「心如呑鉤，苦中作樂想故」。痛苦中強作歡娛的人，苦則苦矣！俚語有云：「苦竹林中彈琴」，亦苦中作樂之隱語也。

人生莫非一個「苦」字意象，一副顏面輪廓，猶如一個「苦」字，人之呱呱落地，是哭聲却非笑聲。可見人之誕生，不是來享樂的，要從苦難盡頭待甘來！法華經壽量品：「我見諸衆生，沒在於苦海。」這把人海看成無邊無際的苦海，你是否一葦可渡？得視你的人生修行了。

享樂主義與個人快樂說，出於頹廢，對社會醜惡而絕望悲觀，就於自身官能與肉體之享受，不論文學的唯美主義，或人生的享樂主義，皆非積極進取，自甘墮落。僅以一已之享受爲滿足，而摒棄了人生之眞義，此與增進人類全體之生活，創造宇宙繼起之生命的人生觀大相逕庭！

苦與樂之間，繫於一念耳。個中滋味，亦和淳于髡的酒量論一樣，一斗可醉，千斛亦醉，要看人在怎樣的情境而論。石崇每食萬金，尙覺苦無下箸處；顏回一簞食、一瓢飲，蝸居陋巷中不改其樂也。富如石崇，貧如顏回，在人生享受上就有了天壤之別。金谷園和陋巷之人境，其苦其樂，還不是決定於心境中之一念耳！

臥薪嘗膽的勾踐，眞是一個困乏其身，苦其心志的人，他的樂，在於沼吳，在於興越，這就是范仲淹說的：「先天下之憂而憂，後天下之樂而樂」者。人總是避苦貪歡的，官能體膚的享受，畢竟不是衆樂樂之樂。惟有身無半畝而胸懷天下者，始能憐憫衆生之苦難，發其仁者之愛心，挽社稷蒼生於水火。此固爲道德情操之高度表現，亦正是爲天地立心，爲生民立命至善之境。

我們所企求的人間，是天堂，不是地獄。可是我面對的世界，却有大多數人掙扎於悲苦的地獄，惟有少數人獨享歡樂的天堂！因而人類的尊嚴受到了莫大的考驗，正義與權利遭遇了無比損害，我們過着天堂生活的人，是否也有人溺己溺，人饑己饑的惻憫之情？奉獻一己之生命，作濟世之方舟，讓所有悲苦地獄中的人同登光明歡樂的人間天堂！

金絲雀的合唱

幼時居鄉，春二三月，百鳥齊鳴，而畫眉尤為林間鳴聲之著者。鄉人每於清晨，張巨網於林中，並以一籠所囿之畫眉懸於枝椏，於是一鳥鳴而百鳥和，對答而來，遂陷於網羅。為之捕養。此一情景，猶在眼前，目前坊間鳥店，所飼畫眉，半自香港來，半自此地產。偶而入鳥店，佇聽亮麗啼聲，彷彿亦鄉音也。

外電報導，蘇俄烏克蘭的鳥類學家佛孟科，已能訓練金絲雀合唱八十首歌曲，包括貝多芬的月光曲和俄國民謠，這個「金絲雀合唱團」的演唱，約有二百萬人聆聽過。而且牠們的演唱，偶亦由人聲及小提琴伴唱或伴奏，其男女高低音頗具完整的合聲演唱。金絲雀本是著名的鳥族中歌手，而今經過有舞臺管理經驗的佛孟科予以訓練，使這些「籠中玩物」竟而卓然有成，是亦今之弓曰長。

俄國人給予世人較好印象，乃是文學、音樂及舞蹈方面。他們在這些藝術上，曾經寫下了輝煌的史頁。可惜的他們却以吃人的共產主義，戕己禍世。使得他們原有的藝術光芒轉而爲極權統治的黑暗。他們能使籠中金絲雀唱出最柔美的歌，但不能使人民從桎梏生活中唱出他們的自由心聲。如此看來，作爲一個俄國人，還不如作一隻俄國的金絲雀了。鳥猶能言，而人不寒而噤，共產世界那隻大鳥籠，莫不若此。索忍尼辛之能自由歌唱，正因他像一隻金絲雀銜出了黑暗的樊籠，得以振翼而鳴。人之異於禽獸者豈止幾希！

共產黨最善於訓練「鳴放」的。早年曾讀到一位蘇俄女教育家寫的一本關於兒童朗誦的論著，她強調訓練一個共產黨員最重要的使他擅長於朗誦。蓋朗誦乃最易於感人的表達，這個共產黨的家風，不論蘇俄自秘妙方，卽其他附庸國亦傳承此道不墜。所以共產黨的那嘴舌亦如金絲鳥之喉舌善於歌唱也。而共產集團亦一鳥籠也，一鳴百和，那種合聲和唱猶如「金絲鳥合唱團」之演出。

剛剛去世的南斯拉夫狄托，其脫離蘇俄那個合唱團，大概不願只聽到合聲，聽不到獨唱。鳥類中最珍貴的飛禽，大多獨鳴者，頂多是對答枝頭而已。鳳鳴高崗，其聲也淸。畢竟不是蘇俄訓練出來的金絲雀，不過俄共之控制其附庸亦如訓練金絲雀耳。

錦繡和蔴布

有人約寫座右銘，我始終未敢落筆一字，蓋「座右銘」或一字或八字眞言，皆至理也。拾人牙慧，自勉固可，如以「作家座右銘」署之且傳世，則不可妄爲。

記得幼時作文，先父批了七個字：「一段蔴布一段錦」。蔴布和錦繡，夾雜一起，那正是當時習作最恰當的形容。這句庭訓，至今猶未忘也。父親並非舞文弄墨者，更不是什麼文學評論家，就因着這七字評語，以後落筆之際，構思之時，總引以爲戒，免得蔴布連篇，令人無法卒讀。如果寫我的創作座右銘，唯此七字庭訓了。

其實人的一生際遇，又未嘗不是如此「一段蔴布一段錦」的，有人前半截則燦爛錦繡，後半截則粗糙蔴布。或者曾經錦衣玉食，轉而爲布衣粗糲，從絢爛歸於平淡，富貴不能淫，貧賤不能移，這等人的生活哲學，自是生活品質的提升也。錦繡和蔴布在作品裏，固非完美，但在人生界則無分軒輊，你穿你的錦繡，我着我的蔴布，人的尊嚴依然是一樣的，這和你乘車我戴笠，差不多也。蓋錦繡並不能象徵高貴，而蔴布亦非形同卑賤。

這人世之中，有多少錦衣裹着一顆男盜女娼的心，看來一塵不染，其實那顆心已污染得漆黑。我們許多抗戰時期的老友，莫不曾經赤足穿草鞋，一襲軍服，有如蔴布，歷百戰行萬里，那顆赤心並不因僕僕風塵，漫漫烽火，而受到污染，依然赤子純眞，壯士情懷。那種物質困乏中的生涯，却是精神飽滿，堅忍奮發。雖說「富三天窮一月」，誰也沒有嫌棄布衣粗糲。而今物質生活無虞匱乏，可是總覺得一顆心靈竟無處安頓，這莫非精神虛脫，我想慾望之追求，有時激勵一個人的進取心，但慾望究非理想，純粹的慾望追求，可能使人陷於失望之境。知足常樂這句話，畢竟可以讓人甘於淡泊。自求多福，則是一分耕耘一分收穫的另一詮釋，這兩句金玉之言，作爲座右銘，在寧靜中沉思自省，想大有補益於今天人的處境。

生於憂患，死於安樂，憂患總是冰雪一樣激勵梅竹的清操，安樂常教人志喪氣餒，等而下之成了輕薄桃花，顚狂柳絮而已。繁花易落，細葉常開，從植物之中也給了我們許多生活法則，縱然你沒有座右銘，你一樣可以去靜觀萬物皆有所托，自然滿懷喜悅和生意了。

養鳥有言

我的籠鳥，從高雄送來養的，一對年輕的愛情鳥，有時親愛有加，相濡以沫，彷彿蜜蜜之吻；有時怒目敵視，繼而互啄，一如寃家聚頭也。人際關係猶鳥之相處，一籠如囚，又有什麼好爭的？

觀察久了鳥類生活，不免感到這人世烽火不息，此宇宙牢籠之中，多少有些不和諧的爭端。這一對愛情鳥飼養了一年多，朝朝暮暮，供養不懈，偶而靜寂中傳來相互對答的鳥語，爲此蕭齋，憑添一番生意，從未指望牠孵出一窩小鳥，可以分贈四鄰，期有以繁殖也。

去年夏天酷熱，另一對雌者亡，而雄者却不翼而飛，這倒使我繫念於懷，蓋此類鳥不適於自然界獨立生存，縱不餓死渴死，想亦孤飛之中寂寞以死也。

賦予愛情鳥之名，不悉始自何人何時？這鳥名之雅，實在我見欲憐。一尾飛禽在自然中，風雨冰霜，饑渴難免，隨時有死亡之虞，亦人於世，生老病死，總是無所逃免的。偶而去街市，見有燒鳥擔，這些被烤的鳥，想也是鳳凰于飛，比翼情侶，不死於自然災難，却死於饕餮客的酒興之中。這是人爲萬物之靈一種最殘忍的暴行。不僅燒鳥擔上，即宴席之間，一品油淋鴿，就教人想到所謂人類以死追求的和平理想，在咀嚼之餘，就成了最慘酷的兇手。我們所寄身的生存環境已經因汚染而損及自己生命，許多珍禽更是無地可容！絕跡絕種之虞，已經爲許多生態學者所關注，海洋和山林，無一可倖免，蟲魚鳥獸及花木，莫不遭受到工業化之貽害。這些貽害，雖非見之於當下，但未來的時日中，必然如此。

人創造了文明的生活環境，却又毀壞了自然的生態，雖然科學家想盡力維護，這究竟是文明抑是野蠻呢？捕燒鳥獸，何其不仁？我們的生活已越過了依靠狩獵維生方式階段，爲了一時味慾，不惜捕之烤之，究非現代人生活品質，保護珍禽異獸，已是許多文明生活人，一種愛屋及烏的德性。中國文化中所謂仁所謂義，當應從這些生活小節中去培養仁心，否則棄仁就暴，人還能稱之爲萬物之靈耶。

每一種生命，都有它的生存權，人們如仍以獵殺爲當然，則人之殘忍野性連禽獸也不如了！

把愛化作光和鹽

如果你是一支燭，將為衆人所仰望的光。
如果你是一勺水，將為衆人所渴思的鹽。

這「光」和「鹽」不僅教義中所啓示的智慧之光或鹽，也是生命中所依賴的照明與滋養。我們在太陽底下，往往忘却黑暗中的旅程，我們在海水的浮泛中，很容易忘却荒漠的歲月一粒鹽的困乏。耶穌基督祂所秉持的無上權柄，無非對人世的愛心，升爲光，凝爲鹽，分享所有需要光和鹽的人。作爲受福的人，自應把愛燃升爲光，把心血轉化爲鹽，使這人世廣被恩澤。

這是崇高的德行，所降予的莫大福祉。我們希望我們的日課，是愛的播種，去披斬所有仇恨的荆棘，讓所有的土地都承受春暉和甘霖。嘉禾的田畝上，難免偶生莠草，而耕耘者的拔除莠草，乃爲了嘉禾的收穫！這也是揚善警惡，愛憎分明！在中國的文化土壤，凡播仁種義者，必然有其豐美的收割。凡背仁棄義者，必然暴戾逆施而自隕滅，這歷史的秩序，反映在中西文化之中，就給了世人最眞實的殷鑑。

基督敎之傳入中國文化系統，有其悠久的歷史，厥功卓大！一個磅礡的文化，自然也在同一時空中容納了多方面的事物。宗敎在中國文化生活中，尤爲顯著，這眞是所謂：「海納百川，有容乃大。」「壁立千仞，無欲則剛」了。中國文化至高至大，此十六字最能喩之益明。比如佛敎文化之輸入，終於轉化爲中國文化的一部份，無論在政治文化各方面，轉益增其所不能。這原於有容乃大，無欲則剛的力量。「有容」與「無欲」對於宗敎的成長，也是政府、人民與宗敎團體所當修持的。冀免於偏失，干擾了原有的文化秩序。

神職人員在自己的文化存養中，應作深入的浸淫，辨識運作的規律，一本仁愛之精神，發揚敎義之美德。自能處處爲國家民族着想，事事爲社會大衆謀福，這始是捨去一己之私慾，以成大我之理想。基督的救世救人精神，固如此也，中國的仁愛文化精神亦如此也。爲什麼竟有少數宗敎人士不此而圖，背叛以赴。我想這是神人所不能容，所不齒者。懲罰邪思惡念，本是宗敎自律事，而今不容於國法，捨棄了神旨，這也是私心欺心之作孽，必然爲社會所共棄者。

扉頁插話

讀了隔壁國中生的週記，因而動了寫週記的念頭。想起少年時代寫日記那種耐心，就覺得自己疏懶極了。如果把那種耐心堅持到現在，豈不是「著述等身」。當然日記之類算不了什麼文學創作，設若語必由衷的坦率，也一樣是至情至性的文章。只怕矯情泯性，已非本來面目和心聲，用華麗的詞藻來掩飾眞實，那就不像人話了。

我不希望在週記中，扭曲自己的影子，試穿人世的衣裳，只少在週記中的語言，來自肺腑，而那面貌也能呈現一個純然的自己。我想這是最起碼的自許與自律。希望她是一泓清水，一面妝鏡，讓我的心如清水一樣的明澈，讓自己的形體和鏡中的人影複合無縫。我讀過呂坤的「呻吟語」，覺得那是有病的人該當呻吟，那樣的呻吟才是眞實，如果無病而呻吟，莫非東施捧心，其顰更醜陋了。

「西子灣」主編魏端先生，約我寫個專欄，承他的盛情敦促，却之不恭，受之有愧，惟恐污染了這一灣春水秋波。蓋專欄最怕「續稿未至」，半路上拋錨；讓編者勞神，讓讀者失望。其次江郎才盡，筆端枯槁，總不能添油加醋，濫竽充數；把筆頭寫「爛」了，就只好當油漆刷子。我曾有一句詩：「落筆方知一字難。」文章愈寫愈難寫，這種手工業藝術品，該當文質彬彬，一粗糙就成了竹頭木屑，這是我動筆寫這個專欄之前，必先深思自勉的。

永和居中歲月：可能是「萬物靜觀皆自在」的，一個人溫飽之餘，絕不可能沒有什麼事讓你憂慮，或悲歡的，在塵囂中，市聲裏，人的方寸之間，易於爲世俗紛繁所掩蔽，所壅塞。能夠保持一面透明的心鏡，想是最重要的日課。當然我們在煙火之中討生活，自難蛻化爲仙風道骨，縱有理想的翅羽，亦不易飛成獨來獨往的雲鶴。人就是這土壤上的生物，讓自己灌溉自己、耕耘自己，讓生命落實於這土壤，開花結果，這也是很自然自在的人生。

我不想把「週記」寫成一本流水帳，更不希望是個人的起居注，如果我也是一座觀音，千眼所視，千手所指，則我的觀照和回響，應該凝聚這面前的世界再次的呈現於這方方的田畝。

第五輯　雲飛起

回首叫雲飛起

一尊搔首東窗裏，想淵明停雲詩就。此時風味。江左沉酣求名者，豈識濁醪妙理？回首叫雲飛起。

——節錄辛棄疾「賀新郎」詞句

好個「回首叫雲飛起。」每每讀至此處，人就像獨立千峯之頂，逸興遄飛，彷彿四周雲起。其表現心情與人境者，莫此之生動也。棄疾善飲者，詩趣酒趣，都在此叫雲飛起中出神入化了。浮生閒日，能得一尊而醉，醉得如此天眞爛漫，豈僅酒力使然，所謂微醺之境，想是這般模樣了。

杯箸之間，如說醉態，千嬌百媚者有之，橫眉豎眼者有之。而能恰到好處，不致語無倫次，甚而灌夫罵座，滅燭留髡，則是酒中之仙之聖；想也是太白眼裏「醉月頻中聖」的孟浩然了。醉鄉路穩，莫非更是一種濁醪妙理，不過非沉酣於名利中人所能領略。

一杯固可醉，千斛亦可醉，寧取一杯，勿貪千斛，淳于髡最悟得個中理趣，此下大多爲酒囊飯桶者流，不可相與論飲道了。最近爲史學家王聿均兄寫了一副七言聯，不過王氏非善飲者，他工於詩文，近二十年間濳研史學，頗多駭世之著，因而就其所從事者命意書贈耳：

煮酒相論天下事。

挑燈獨對五千年。

此處借酒以助談興，原非一般醉人醉語，從故宮所典藏先人酒器之多，造型之美，可以窺出我們民族酒的文化之高之豐，乃成了衍生的生活藝術。太白是個「惟有飲者留其名」的酒觀主張者，蓋「古來聖賢皆寂寞」也。不惜「五花馬，千金裘、呼兒將出換美酒。」一番豪情，眞可說湖海之氣浮酒杯者。當然他的詩並不是酒精醞釀出來的，秉賦與才情，有如「黃河之水天上來」，此快人快語也。

當酒價日高，而酒品漸賤之際，何來醉中八仙，爲藝林憑添佳話？在這樣的情況下教人只有喝悶酒的份兒。你是否也有那番閒興，「花間一壺酒」去醉月飛觴呢？誰又願意以鵝換書，或者以茶當酒？這些閒趣，已成前塵往事。難怪棄疾苦飲濁醪，在東窗之下，想起了淵明，就不禁「回首叫雲飛起」。飛起！飛起！一觴獨醉明月！

清泉釀出美酒

「讀到你多陽之下寫的信，而且要凌空擁抱我。讓我在寒夜孤燈人影裏，觸及到浮動的春天暖流，伸展向每一血脈。」

那首「無題」，三十二行詩分八節，每行八字。這形式頗有當年「豆腐乾」那種方方正正的感覺。形式傳統與現代，無關乎內容，唐七五言絕或律，寫了幾千年，如果本質（內容）上是詩，格律對它並不是什麼枷鎖！無損於詩的意境。現在許多人想求新求變，新與變固是在藝術追求上乃必需的，可是也要照應到藝術的根底，根底不固，所有的枝葉和花朵，就將是枯萎而無生命，或者無異人造的塑膠瓶花了。

今天有些巧思巧言的作品，初讀時，覺得「楚楚可人」，再品之，則「語言無味」了。巧思巧言，畢竟不是藝術作品。中國人對一切事物的品評，「味道」這兩個字應是一種不可言傳的奧義。人有人的味道，物有物的味道，事有事的味道。這可能我們的博大精深的文化涵養決定了感受能力。司空圖所創味在鹽酸之外說，就是要在味之外品其味，弦之外知其音也。陶淵明這位淡泊的詩人，壁懸素琴，以田園之樸眞以滋養詩心者，從他的「但識琴中趣，何勞弦上音」兩句詩，可以品到淵明這個人的情味和哲趣了。

在平凡的事物中，如果你能仔細靜觀深思，無限情味自在其中。孔子說：「飯疏食飲水，曲肱而枕之，樂在其中矣。」孔子的平居生活，就如此單純，可是其樂融融滿懷，却非富貴中人所能品味到。所以他接着說：「不義而富且貴，於我如浮雲。」這個「義」可以詮釋爲過與不及，有違於道的規律，則這樣的富貴榮華景象亦不過像天空的一片浮雲轉瞬間飄失無踪。因而文學藝術在求變求新上，也應循着規律，否則那些新與變只是嘩衆取寵於一時，究竟不是歷千秋而彌新的。歸眞返璞，總是藝術歸根結底的道理。

由於你提起「無題」詩，而引出這番話來，我的想法極爲平凡，語難驚四座的。雖然說「語不驚人死不休」，語言只是詩的花葉，我們尋求的是果實，甚至是以果子釀出的一杯醴酒。品酒的人只品酒的味道，而花葉與果子，已成了棄之如糟粕了。寫詩，如果讓人只在語言上打轉，而無一絲詩味，則這個作品，豈不是糟粕？中國文字之美，在其意象紛繁，如能以才情驅使，以情趣涵泳之，清泉也可釀出美酒來！

探源與接枝

「西子灣」於六十九年六月九至十日連載「如何欣賞研究古典文學」專題座談紀錄，由黃永武、張夢機、曾昭旭三位博士主講並答詢問題。他們三位都是負責大學中國文學系教學，自是出色當行。「西子灣」以如此較大篇幅披載全部紀錄，對有心於中國古典文學探討者，想也有所啓發。

多年以來我們文學刊物，似乎偏好於西洋文學之介紹，偶而有所研究專文，亦不過點到為止，不痛不癢，甚難激起社會回響。因而古典文學似乎只是中文系的「家務事」，凡從事現代文學創作者甚而未曾涉獵，老死不相往來，這種現象它所影響的，不僅是發揚傳統問題，且對現代中國文學之建設，畫地自囚之餘，難有較壯濶宏偉的開展。結果我們的所謂現代文學不過是西洋文學的附庸，一片失根之蓬，隨風而轉，不知所向。這種無以自主，無以自立的文學流向，終必是一般歪風和亂流了。

對文學而言，我們固毋須閉關自守，今天的世界已無時空之隔阻，縱然「閉關」亦無從「自守」。且文學與文化隨之相互煥發而生長，它不是在固定的模板中製造的，如何吸收和消化，乃是重要的前提！所以我們不必因西洋文學或文化之介入引以爲憂。如印度佛教之移植中土，它對中國文學藝術生命更爲充實而繁榮，縱的繼承或橫的移植都對文學裨益深遠，「不患無位，患無所以立」，只要保持了磐石一樣的民族文化位置，自然文化在這樣的文化位置上生長，永不僵化或墜落。

深信每一代人有每一代人的文學盛世，僅僅傳承遺產，還不足以言發展和衍生，創造一代的文學，始是一代文人所當擔起的責任。今天從文學上溯源，亦可說從文化上溯源，探得源頭，導引活水，使中國現代文學更能從歷史的、文化的意識上接引血脈，與現代的世界文學潮流相與導灌，尋根爲其固本，接枝則在繁殖，這也是文學界探索傳統開展現代的雙轡並驅的方向。「海納百川，有容乃大。」文學的浩瀚海洋，莫不是歸百川於一宗，雖說此文學主流之激蕩，必自一代文風之導向始，所有流派，之能萬流歸宗，成爲萬古不廢的江河，其關鍵在於我們這一代文人把握住時代的脈搏，汲吮於歷史的血流了。

畫布之外的世界

維吉爾・亞德烈在他的「藝術哲學」中曾說過：「塞尙在一種喜愛器具甚於他自己的心境下，以這種方式畫了一幅自畫像。當然畫裏展示的一定不止是器具及其運用，否則它便不算一件藝術品了。」亞德烈所舉的這個例子，無非強調了藝術家不止是在他的所有的材料上運用而已，他要藉所有材料表徵爲藝術。

我們的現代畫家的作品，是否誘導讀者止於媒介實體的感受，此外是否還要透過媒介實體誘導讀者進入他的精神世界？因而一幅畫布上所展示的，想非色彩、或者一些形式而已。據於這一原則我們來檢討當前現代畫家的作品，似乎在畫布之外，並未給我們設置一個更廣大的世界。他們自己的畫筆也僅僅運用了那些材料而已。

我想此刻不獨現代畫家如此，揮霍色彩與揮霍文字或揮霍音符者，莫不困乏於藝術生命的成長，覊絆於材料上，形式上而不得抽身自拔。一個藝術品的生命之傳播於讀者或聽衆，要視作者是否有它獨特的生命孕育其中，這個生命體之能從作者生活思想中脫穎而出，固賴媒體材料與表現形式，使之成爲主客觀的合一無間，當我們觸及了這個藝術生命之際，則一切媒體材料和形式在感受上爲之隱退，不復掛礙了。這也就是中國一句「得意忘形」的話，直指藝術心源的道理。

作爲一個畫家，他的生活不止是色彩可以裝飾的，他和其他藝術家一樣，或者可以說藏身於芸芸衆生中的人，因而他必須從最平凡的生活中去觸及最不平凡的部份，他同時也是一個善於思想的人，但不是一個純熟的模倣者。在悲歡憂樂之中洗磨自己一個晶瑩的無染的心鏡，照映出這人世本來的形體，從牢籠百態中去捕捉，復自塑造，從有限的生活到無窮的思想領域，你所追求的生命情調亦是你需要表現的。如果捨此而斤斤計較於一些技術作爲，則成了藝術之末流，浮泛於色彩之形相了。

中外古今大家，莫不困乏其身，苦其心志，然後卓然絕倫者。藝術之殿堂畢竟是最莊嚴的聖地，不是蹭蹬而行，或者匍匐而來，絕對不是「傍花隨柳過前川」的人，就說覓得了春天的主題，那也是把萬紫千紅塗在畫布上的一團亂「話」而已！

寒泉與冷露

留得殘荷，來聽雨聲，窗外淅瀝，孤燈無夢。擁衣獨坐，檢讀家書，在放大鏡下，仔細端詳磐之他們四人近影，從顏面到衣衫，三十年憂傷，都來眼底。資人還附了一首四言詩：

四叟並立，壽期松鶴。合年計歲，二百四十。瘦骨嶙嶙，桑榆日薄。皓首蒼蒼，壠畝逐鴉。誰問孰長，乏術不學。自右至左，資、楣、珊、鶚。滿眼兒孫，咸集膝下。俯仰勞動，難能娛樂。

資人性情中人也，以詩紀實，老境堪憐。讀書人淪爲畎畝老叟，歷盡艱辛，苟全性命。讀詩，看照片，愴然涕下也。元慶曾附來「訴衷情」一詞：

「海天風定亂潮平，遠思水縱橫。三十年來家國，回首暗心驚。人無恙、此心明，敢忘情。相期來日，晴窗試筆，共賦新春。」

讀了他的這闋詞，令我想起三十六年夏，元慶隨我去商邱，後來返金陵，曾任雜誌編輯，迨至三十七年底復介入張明熙先生幕下，至上海戰役。倉皇中未及隨軍轉移，遂陷大陸。我記得當時他不過十九歲，但小說及散文具見才思。三十年來浩刼，他猶能自修不懈，從這闋詞可見其心境，「人無恙、此心明、敢忘情」這三句正道出心際情愫。以詞寄意，用心良苦。如果他生活在自由世界，必也是文壇翹楚。他的純潔和善良，也具有中國農村知識份子的本色。而今侷促於一個沒有關懷，唯有恐懼的環境裏，他受到的心靈創傷，正是凌遲的精神刑罰也。

資人和元慶，都是五十以上的人，一顆詩心，如燈相照。莫非如杜甫詩所說的：「寒泉流暗壁，冷露滴秋根」那一種情境。我想暗壁中的寒泉，有一塵不染的清澈；冷露下的秋根，有一個忍不住的春天。像他們二位這樣的人，在骨獄血淵之中討生活，大陸上不知有多少。這一詩一詞，雖說是私衷傾訴之作，亦可說是大陸知識界共有的心聲。中共翻雲覆雨的手法，讓許多作家走入牛欄，而今又「平反」復出，且利用作海外統戰工具，沈從文、艾青、蕭乾等人莫不是統戰樣板好戲。黔驢技窮，已至於極。其垂死的掙扎，呈現了一片敗亡的景象。

任真而自得

日前在茶座上，有人索墨，卽成七絕一詩：

「座上維摩為說法，又教天女散花來。
清茶當酒向誰醉，十丈塵中大夢回。」

邦楨兄自美歸國後，日相過從，每必品茶遣興，此詩卽在低斟淺飲之中所得。我們聊天說地，雖非維摩說法，惟對答之際，偶亦有妙悟。放翁曾有詩說：

「正欲清言聞客至，
每思小飲報花開。」

不過他是飲酒的，而我們却以清茶當酒品。舌根滋味，各有殊同，其喜悅之情則一耳。莫說只是清談閒話，十丈紅塵中，勞人草草，這份雅興，自亦苦中作樂也。如果靜觀世音，又莫不是墜於大夢之中，誰醉誰醒？這要看緣份了。陶潛曾說：「誤落塵網中，一去三十年。」等到歸隱栗里，那個塵夢才醒過來。可見醒也不易，醉也無奈。所謂世網攖人，難得逃脫。

我們策馬風塵，大都三十年的人，一旦繫馬掛劍，恍如破塵網而飛翔，這份情況，究非夢中人所可品味。讀書聊以遮眼，吟句無非賞心，故而不拘不謹，儘得自由自在。邦楨已逾六十，我亦望項可及，有什麼可以羈泊，率性為之，偕情以往，這始是閒雲，出岫歸岫，無所不適。他為了紀念六十春秋，曾寫七律六首「秋歌」，還請蘭邨為其書一橫幅，將攜往紐約居，懸諸壁間，聊助吟興。旅美五年，邦楨發憤探索李杜，優遊於現代詩與傳統詩韻律之中，每歌新聲，令人驚絕。蓋我從傳統出發而邁入現代，邦楨則從現代復返於傳統，殊途而同歸，一樣的情趣，一般的煥發。生命如此的照映出一個滿足的生涯。

有人隔於現代，有人隔於傳統，其實詩有什麼隔的？拆掉了那道牆，豈不是成了通家之好！只因羈絆了自己的脚步，似乎畫地為牢，自囚自囿罷了！所有的形式人人可得之為用，惟詩的生命總是屬於一己之擁有，捨取了一己的生命情調，如何的現代？或者如何的傳統？那都是一團糟粕，只能自我陶醉而無以醉倒別人。江河萬古，不廢之流，詩的生命又莫不如此的奔流於時空。任眞自得，想是一個詩人的情懷，朝斯夕斯的洗磨，為了一面「光芒萬丈長」的心鏡。

握住那枚果核

我正在思索一些無可名狀的問題。我從你的眉眼間也曾透視出那憂鬱，不知道那些灰雲暗影何時可以隨風而去；這是我最不能釋懷的。

原來生活不是寄生於一些現象的架構上，它要落實於生命的土壤，就像一幅水彩畫，不僅是色彩的繽紛，或者從標題上去認取去詮釋。

愛人或被人愛都是從全生命去奉獻或捨棄的，我們讀過古今中外哲人有關的詮釋，而能眞正踐履的，却不是置於崇高的鵠的，而是在那第一步的踏出，必然是你脚尖所觸及的那寸土地！坎坷的，康莊的，都有可能，惟一不變的，是你最初的心意！

最初的心意，是多麼的純粹而無聲的語言，當你衍生和釀造時，這心意必從苦澀的汁液裏浸淫，而後分泌出情思的，只嘗果子酒也許很甜，可是醞釀之際，無不是酸苦。愛的心意所經歷的，從一粒果核的萌芽到茁壯，從枝葉到花果，從春到秋，有一顆耐心期待着那酒香的洋溢。它捨棄了花和核，而後把自己的所有融解爲酒的清冽。這是從自然到人生界，一枚青果捨棄與所作的奉獻，人們只樂於品嘗一杯一杯復一杯的酒，却忘記了那顆核的生命，又從我們遺棄中向脚踩的土壤上再生。

我想你不會去貪飲那杯果子酒，也許你從酒的清明之中，見到它的生命之里程，如何的延伸而來！所以我一再的複誦你那最初的心意，如同那果核再次的爆裂在你的生命土壤中；春與秋的交替，花與果的傳遞，這些都不是你所要堅持的，不放棄那顆樸實無華的核，失去的一樣再來，如果你所握住的那核是愛的心意，你將不會如此枯槁一生了。

核中之仁，是最孤獨的，也最寂寞的。所以博愛之謂仁，這形象讓我們體現了人與事物之間的和諧。小小的果核的宇宙中，它包容了無限的愛之生命，無論其爲苦澀，其爲甘蜜，他的生生不息的意志，永恒地凝結而擴散，它正象徵了人們所俯仰的宇宙，因而與仁總是同一意義的。

我們生活於同一個宇宙，我們之間的愛，是相始相終的滋長，我們又莫不是小小的核仁，只要有泥土，水份和陽光，我們的核必然是另一個春天的展示，或秋天的收穫。而此刻最需要的是痛苦的捨棄，是快樂的奉獻！

水亭與竹樓之間

紙屏石枕竹方牀，手倦抛書午夢長。
睡起莞然成獨笑，數聲漁笛在滄浪。

——宋蔡確「水亭」詩

不知道你有否午睡習慣，或者有這份閒情，而在夏日長似年的午間。當然你不必「紙屏石枕竹方床」，泡在冷氣裏，你是否也有一個長長的午夢呢？

曾經官居宰相之尊的蔡確，他躺在四面風涼的水亭，偷閒睡個酣長的午睡，一覺醒來，聽到滄浪間正傳來數聲漁笛，這畢竟不是「絳幘鷄人報曉籌」，催人太甚的感受。水亭中，這愜人心意的情境，怎麼不敎人莞然獨笑，天地自寬？而今無論爲官爲賈，總是勞人草草中浪擲有情歲月，甚而來不及看清脚底踏過的來時路，遂達生命的終站。百年苦短，迷惘一生，這卑微的生命未能在電光石火中引發一次閃耀歷史的光芒，豈非旦夕的蜉蝣！

可是在這樣熱浪炙人的夏午，當你沉沉欲睡，手倦抛書之際，那情味最難得的浮生半日閒。豈止是抛却一卷書，甚至也抛却了一生憂患，萬里風塵，酣然而入夢鄉，要比醉鄉路穩，更洽人意。東坡在杭州，他以蓮荷襯托出西湖的六月風光；「接天蓮葉無窮碧，映日荷花別樣紅。」此刻在臺北，畢竟不是西子湖上，植物園那淺淺的池塘，也許留有幾株蓮荷讓畫師們描紅塗碧，移來紙幅，聊寄閒情，是否其中也有幾許東坡賞荷逸興呢？

如果我們再尋吟唐人李嘉祐的「竹樓」詩：「傲吏身閒笑五侯，西江取竹起高樓，南風不用蒲葵扇，紗幅閒眠對水鷗」。覺得「竹樓」有些矯揉作態，一味強調是「傲吏」笑「五侯」，以「紗帽」對「水鷗」。比起「水亭」詩中心情，一是自自然然的，不着痕跡地表現了那份偶而興會的閒趣。「竹樓」則拘泥於現實與理想之間，頭上的紗帽與心中的水鷗，何取何捨，眞是抽身不得也。

夏午欲夢未夢之餘，讀這些詩，無非添得幾許清涼，料理一段閒情，不知道你願意坐「水亭」還是登「竹樓」？幾聲漁笛，總是夢醒滄浪；閒對水鷗，能否驀然有得？在詩情與理趣之間，而我寧可擁得「水亭」那一片無絲無掛的天地，讓我有一個清清爽爽的午夢！

花道有餘興

日本人把「道」字用得非常廣泛，比如書道、茶道、花道、棋道，眞是「道通天地有窮外」，不止是技法，且晉德及道，有其哲思煥發的境域。其實，書、茶、花、棋四者，莫不源自中土，經由留學長安的佛門弟子傳習，使之系統化、制度化。這是日人肯用心思，美化生活方式，充實文化內涵。而今國人具有棋藝天才的人，反而向東瀛深造，甚至把此四道演爲觀光節目，世人以爲此乃日本傳統文化？

由技而藝，由藝入道，這是精進而高明。書、茶、花、棋固爲人生中小事，每每在微細事物中，可窺視一個民族的博大精深文化面貌。比如池坊流以天地人三者之道一以貫之，就表徵了中國天人合一的思想，雖說一品插花，常常體現了這種一元文化的架構。插花的人也許習而未察焉，另是賞花的人靜觀而玄想之餘，就覺得自己亦是其中之一枝一幹，一花一葉了。

日前在沅陵街思蜜茶座上，主人陳怜妃女史親自剪裁，取材一種水生植物叫「孤挺」的，紅花欲放未放之際，其幹頗似芋類，三枝斜斜挺立為主體，左為孤挺，兩三片濶葉，疏落而飄逸多姿，右則配以馬嘉尼特，小白花帶黃蕊很像中國雛菊，整個畫面一扇疏展，她是習的池坊流，這品「孤挺」，却正表現了孤高挺拔的風骨，從長方形的花盆到扇形的花面，非常勻稱而雅潔，以不同類屬的植物，使之重新組合一起，這就是改變自然環境和生態的再造藝術。所謂詩有別裁，其實花亦有別裁，其變化在乎一心運用。盡人之性以盡物之性，大概插花之道也是盡其人性與物性之謂也。雖說剪枝裁葉，亦得率性為之，始有美的完成。陳女史命名這品孤挺為「君子」，我想君子居位得中，不偏不倚，挺拔萬倫，使之人格化，也最合乎花道的。

我不知道有人以人造花為居室裝飾，能否發現這些花的藝術。假花總是缺乏生趣的，畢竟不能人奪天工的。當人們漸漸失去自然的故鄉，公寓大厦之中，莫不是在一個框框裏討生活，我們就想擁有一幅山水，可以臥遊雲霞，養得一花一鳥，陶冶性情。從水泥鋼筋的建築之中，回復到盎然的生意裏。

世短意常多

淵明「九日閒居」詩，起首一句即說：「世短意常多」。五個字道盡了「人生不滿百，常懷千歲憂」的心情。一個人自呱呱墜地，他的生命莫不與時間相掙扎，有人渾噩終生，有人威赫一世，這都是在短暫的百年之中，去創造一己生命之光景。因而生死之終極奧義，恒爲歷代文人所積極探索的。

淵明退隱田園，雖然他曾說「縱浪大化中，不喜亦不懼。」甚而至於「笑傲東籬下，聊復得此生。」他在「形影神」並序中說

「貴賤賢愚，莫不營營以惜生，斯甚惑焉；故極陳形影之苦，言神辨自然以釋之，好事君子，共識其言焉！」

首以「形贈影」，次爲「影答形」，再爲「神釋」，此相互答贈，詮釋生死之道，亦超脫生死之苦。我們知道淵明的思想以儒爲經者，其以詩論生死，蓋孔子所謂「朝聞道，夕死可矣。」

他之所以「得酒莫苟辭」者，正因世道之不張，不得而聞故以酒遣之耳。可是淵明未曾放棄生之意義追求，亦卽盡此百歲，「立善有遺愛，胡爲不自竭？」此種反復自省於生死，立善一端，乃生命之延續，以遺愛澤於人羣。儒家的風貌，因此挺拔獨秀。其所言「世短意常多」，已非一般惜生者之貪生而怕死，立善者正亦立道也，道能立則善莫大焉！此一生死觀，雖死猶生，否則縱不與草木同朽，亦雖生猶死也。孫中山先生有言：「我死則國生，我生則國死。」蓋行仁踐義，乃止於至善，故其生死有鴻毛泰山之別。

淵明詩言理趣，多哲思，却在樸實平淡中見，讀淵明詩不可視之爲老圃田園之情，不然則陷於第一層義，未得登其堂奧，見着心源。陶詩固以田園風物生活爲其面貌，但其精神思想則潛滋於中國文化土壤，繁衍爲生命萬象。人之幸而爲人，固當惜此生命，惟此血肉之軀，僅僅百年事耳。世雖短而人意獨長，創造宇宙繼起之生命，竭盡一己之智慧，奉獻人羣，遺千秋萬世之愛澤。此乃中國人生死哲學之實現於生命生活之中。淵明之言「世短意常多」，想亦不甘於田園，而心憂天下。

不得返自然

在芝岩一隅住了七八年，每逢夏季，午夜仍得掩被而眠，山腰相擁，雜樹深藏，晚風款款，無異坐享總天然冷氣。這種山隅平房，已非塵市中大厦可以媲美也。

人對自己的生活之創造，總想改變他的生存環境。從樹棲穴居，以至竹籬茅舍，而今從平屋而高樓，一躍而登大厦。以往的居所，還擁有曠遠的自然景象，如今居大厦之中，在封閉的建築物中自囚起來，依靠自己智慧所創造的維持生活。以往人隱於山林，謂之離羣索居，畢竟還有漁樵對話的時候，如今大厦之中，左鄰右舍，眞個老死不相往來，這才是「人海一身藏」了。

畫地爲牢以自囚，擠進大厦住的人，莫非這等看待自己。不識晨昏，不知晴雨，漸住漸遠了大自然，因而爲了聊慰一些自然依戀之情，布置以盆花籠鳥，臥遊於山水畫幅。享受一絲若即若離的野趣。慰藉之不足，趁假日登山臨水，尋幽訪勝，重溫自然故鄉的美夢。人的心境與人境及自然之境，恒難有適切的配置，使之平衡而無偏失。所以淵明也有「久在樊籠裏，不得返自然」

的苦惱。而今「結廬在人境，而無車馬喧」，求之不可得。不過像淵明曠達高逸之士，自有他的不二心法，「問君何能爾」？唯一的功夫在乎「心遠地自偏」耳。可是在紅塵中人，莫不是草草勞人，究竟攘臂爭利爭名者多，有幾人心遠於這汚染的世間，洗耳不聞市聲，洗心不染塵慾呢？

如今歸田園者有幾人？「羈鳥戀舊林，池魚思故淵」，等到「誤落塵網中，一去三十年」後的夢醒來，方知田園才是自由自在的樂土。雖說「人生不滿百」。可是偏偏「世短意常多。」人就在這意欲常多之中，使自己摸不出一條載歌載欣的歸路。總因千絲萬縷的牽掛，無法在幷州一刀之下，斬得乾淨俐落。如鳥之振翼返自然，如魚之展鱗而歸故淵，人常常想開放自己，但又常常羈囚自己，提得起而又放得下畢竟不多。鳥之營巢。牠還有一片青空可供翺翔，人之築屋，却又失去了脚底一片大地。在此大自然之間，人與鳥的生活，看來人是不如鳥的自由。因而使我想起衣冠禽獸之間，猶有什麼智愚之別呢？公寓斗室中，不免遐想衍生，眞想回到那片青山之下的草廬了。

地泉茶當酒

曉葵去觀音鄉，爲我帶來一塑膠袋泉水，清澈的地下湧泉最宜煮茶，可惜向陽送我的凍頂茶早已泡掉，名泉佳茗，難得兼美，乃一憾事。不過那天晚上，我還是煎了一壺茶，一直品飲至淩晨，滌我廻腸，盡澆塊壘。這一夜以茶當酒，也是夠醉人的。

北市去觀音，約莫百餘里，曉葵眞個有情人，趁着下鄉渡假，却不嫌煩的帶着一袋甘美的地泉歸來分享老友，他告訴我那口活泉井，還塑立了一尊觀音大士，泉水就從觀音的掌心湧出來，這莫非就是楊枝水，滋潤我心頭淨土。至於消災却難，那是祈福人的信仰，對我來說，這地泉之甘美，正宜煮茶，比諸鉛管中流出的自來水，舌根感受自是不同滋味。

天雨花、地泉酒，這妙境難求。在我家鄉的井，大多是活水湧泉，而且冬天暖暖的，夏日冰冰的，上天對待人多麼寬厚，適時順人不相違，卽是一口水也是如此。天地有道人有情，所付出的莫不是喜悅。曉葵想也是一位滿懷愛心的人，他感於天地之仁慈，惠我一掬地泉，這泉味也卽人味，雖說那一晚他未曾來促膝對飲，惟此涓涓滴滴，總是人間愛的活水源頭。

我曾想像到那觀音鄉海濱，這口地泉井，正是觀世音的眼睛，或者一隻大地的嘴唇，從地脈中細細流來的，又莫不是大地的心音或脈搏。劉禹錫的陋室銘開頭說：「山不在高，有仙則名，水不在深，有龍則靈。」而這口地泉之井，我想它不必有什麼神龍潛隱，它的靈慧，在其能爲許多枯渴中的人，給他一掬及時的滋潤，這樣一口汲之不竭的無虞匱乏的地泉井，就是一種恩澤惠人。井邊的觀音塑像，也正是大慈大悲的象徵！我們人的手心裏是否也捧出愛心，掬出恩澤，我們的心頭是否也像這口地泉井一般的活活潑潑源源而流呢！

美不美江中水，親不親故鄉人，這一句我們鄉人傳誦的口頭禪，現在才感悟出那含蘊的奧義。人與水之間的味道。究非現代人工甘味所品出的。「莫道無情却有情」，這正是美在其中，樂在其中的事物。而這種水與人的味道，當你失去了你所愛的鄉土，離開了你所愛的親人之後，在那無可如何之際，你將伸出手去握住另一隻溫暖的手，或者掬取一杯可口的大地之泉了。

而今我飲過觀音海濱的地泉，雖非故鄉水，畢竟屬於這大地的瓊漿，而曉葵又是如此的濃甚的故鄉情味，我怎麼不感動於衷呢！

「三千弱水一瓢飲，

況是觀音掌上泉。

但願涓涓皆美酒，

醉鄉路穩即神仙。」

這首七絕詩，我想還報曉葵，他沒有沾到遠道汲來的地泉，也許可以從這首詩裏品出一些甘美來，也算我的一份「飲水思源」的情意。

一言以蔽之

一個人的一念一思，能保持純潔無邪，一塵不染，確是不容易的事。進而在他的作品思想活動領域中，能夠達致純淨明覺的光明世界，我想那更難了。這不是有賴才情和功力可以獲致的，「思無邪」此一崇高的境界，不僅是文學的頂峯，也是人格的昇華。歷來詩人文士具有超逸的才情與深厚功力者，可說代有其人，如果從他們的作品去審查，眞正屬於「思無邪」的，畢竟不多。一個人的「心意」初動之時，是否出於誠摯，本乎自然，此種眞純與樸拙感情，不是語言可以妝飾華美，掩蔽邪惡的。因而心意初動之時，還是事物始生之事，其所展現的機微，亦即決定了作品的思想之始之終，是否無邪之境。

文學離不開「理想」與「寫實」，因而追求境界，故有造境與寫境二者。所以王國維在他的境界論中強調的：「所造之境必合乎自然，所寫之境必鄰於理想」。無論造境（理想的）或寫境（寫實的），它的先決條件不外乎眞摯無邪，始成天地大美也。在中國傳統詩詞，常使此兩者理想與寫實，參差交錯，渾然成一體者，融會了有我或無我之境，即爲出神入化絕妙之作。現代詩如能取法乎此，結合詩人的傑出才情與功力，探索現代新生事物之奧秘，則現代詩於造境與寫境之間，必然邁過前代，開創新境。

所惜者現代詩人只一心着力於技巧之專研，雖有驚世駭俗之警句，却無超塵脫俗之妙境。因而此種因素造成了現代詩不耐讀的印象，詩的意象僅止於語言的浮動上，此乃詞彙的奴隸，終難成爲意境的主人，近年來寫實之作常見於報刊，以語言白描應是一種淡雅有致風格，可是所披露者皆爲「我手寫我口」。未曾達到「我手寫我心」，此理想與寫實有欠調和，流於偏頗也。粗製濫造，總非樸拙之美；深雕淺鑿，亦非鬼斧神工。一言以蔽之，其缺乏愛與眞摯且迷惘於魔火邪術也。

中國文化情調，本於溫柔敦厚，以此一文化情調，轉化於生命情調之中，而後爲詩，其所表出者，泱泱國風也。其所感興者雅正之韻也。此一詩之本質，歷時空而不渝，應是中國現代詩人所認同，所追求者。幸而近年來詩人們有了自覺，不再是捨傳統而弗顧，溫故而知新，去承接前代詩人一以貫之的詩道，爲現代中國詩推陳出新也。

桃花逐水柳絮隨風

切莫作一隻鑽紙蠅，或者一頭繂磨驢。營營鑽紙的生活，是失落了目標的。年年繂磨的陳跡，是沒有新境的。如果只在紙上鑽營，磨邊輪轉，你的生命我想不會擊出一朵火花的。

杜甫有漫興詩兩句：「顚狂柳絮隨風舞，輕薄桃花逐水流。」隨風的柳絮，縱然舞得顚狂，一陣風過去了，它還是化泥爲土，歸於寂滅。逐水的桃花。縱然流出一匹錦繡，依舊輕薄浮沉。幾點柳絮，一片桃花，只是春天裏的現象，而果子總是結出於枝葉之間，生命就有了垂垂重量。世間事未嘗不是如此的顚狂隨風，輕薄逐流。杜甫眼睛裏所見的桃花柳絮，和我們所見的有什麼兩樣呢？顚狂之後必然幻滅，輕薄之餘必然失落。杜詩雖說寫自然之象亦批評人間事物也。

韓愈晚春詩中，也有和杜甫同感之處：「楊花楡莢無才思，惟解漫天作雪飛。」他讚美春天，萬紫千紅，各鬥芳妍，繡織成大塊文章，惟此楊花楡莢，只解輕飄飄的化作漫天雪飛，了此一番春事而已。斥楡楊之庸俗而無才思，是否亦卽評隲當時文壇抱殘守缺呢？這位文起八代之衰，開唐宋新文風的領袖，他是主張陳言務去的，像楊花榆莢之流，必爲韓公所唾棄。詩人之心，溫柔敦厚，故以榆楊之物性，喻作品之文思，其不忍於心者竟如此。不過「榆楊之材隨處有，一遇東風便亂飛。」惱了老杜，膩了韓公，也是意想中的事。

如果文藝也像一座花園，現在不正是「洛陽三月花如錦，多少工夫織得成。」它却不是一些楊花榆莢可以混肴與汚染的。惟春天是無私的覆載，它給予每一種植物欣欣向榮，所以開花的就開花吧！結果的就結果吧？一株小草，一樣承受雨露，一株大樹依然映照陽光，春天的土地上，莫不是自由的生機，煥發着人間喜悅。

既然是一座競芳爭姸的花園，護花的人該當細心呵護了。給它陽光，給它雨水，培土施肥之餘，還得關心病蟲害的暗襲，就像東坡那樣的惜花情愫：「爲恐夜深花睡去，故燒高燭照紅粧。」至於有些人「年年不帶看花眼，不是愁中卽病中」，不必爲其惋惜，讓他錯過了這一燦爛的花季。

至於一些閒花野草，就任它自開自放，自生自長吧？如果有「花開紅樹亂鶯啼，草長豐湖白鷺飛。」也一樣有其疏淡而淸逸的景象，奧秘的生命就在那裏落根而伸展了。爲什麼我們的胸懷不能像那湖水一樣的澄清而平濶呢？我們的逸興不能像那湖邊一隻白鷺的飛升呢？因而我們也該驚覺到自己的生活被顚狂的柳絮而忙亂，被逐水的桃花而汚染了。

馬首前瞻時

我想在一九七七的尾梢上結綴一些什麼依戀？或者在一九七八的額際銘勒一些什麼願望？我的一枝筆就像刻刀一樣沉滯，久久未能鑿出一個字，而日子就像天馬般的奔馳而來了。

戊午，這不是白馬，也非黑馬，想是伯樂瞬眼看穿的千里馬啊！我想你該也有伯樂的睿智和識力，在櫪下，不會錯失一匹空羣的眞龍。

你想畫一匹你心中久已成長的馬嗎？可不必追求溫柔的皮毛，那樣貌合而神離的馬，究非你意志的騁馳。你該捨皮相而取骨格的，那莫非是穆王的神駿，開張在天岸的，因而令我想到陳摶的一副樸拙的詩聯：「開張天岸馬，俊逸人中龍。」他寫的是馬，其實寫的也是人。果眞有這麼一個人，策着這麼一匹馬，從天野之際馳來，那畫面該是多麼曠遠壯濶啊？

不過自來畫馬的，大都只畫得皮相肉相，而一些相馬的人，也只重於馴服，或者華麗溫柔的毛色耳。所以伯樂固難求，千里不易見，卽以曹霸之筆底神駒亦不復出了。豈眞伏櫪長鳴者，沒有一匹龍種？莫非世無伯樂，而神駿皆隱於野，伏於櫪！賫千里之志於羸馬羣中，以至垂垂老去耶！

龍，也許僅屬古籍中的搜奇，傳說中的懸想而已。這究竟是縹緲中的一種描繪，不是千手千眼可觸及可見到的。至於馬，無論在牧馬場或者影片中，你曾經有過那印象。牠曾爲我們耕種墾拓過多少荒野，牠曾馳載過萬里風塵，牠曾與將軍戰士戍守過陣壘，一想起馬伏波一句豪語：「馬革裹屍。」該多麼悲壯的企盼！季札贈劍，固是溫暖人情，叔寶賣馬，何等悲涼意味？這些平凡的故事，却有其不平凡的際遇！

當然，你曾是上馬殺賊，下馬草露布的人，而今既掛了劍又失去了馬，一介狂歌徒步者。不知道你的夢裏有否？「雪擁蘭關馬不前」的驚悸，或者「不教胡馬渡陰山」的呼喊？一個馬背上的夢，蹄聲鞭影，一醒卅年。時間的奔馳乃一片青青草原，你自已竟也成了一匹不羈之馬，昂頭長嘶了。

作爲一匹野馬有什麼不好呢？你已經不希冀伯樂的垂青之愛，伏波的裹屍之想。縱或有個曹將軍爲你傳神繪形，凌煙閣上也許有你的族類，曾經並轡馳驅，可是你摒棄了名韁利鎖，你寧願咀嚼着青青的草原，偶而嘶風鳴雨，那生涯想也是曠達而閒逸。不過，你也不曾忘懷另一些族類在馬戲場上繞圈圈的，只能寄予憐惜。牠們既不能作天岸之馬，也無法作人中之龍，你能說牠是墮落嗎？

當我每次觀賞平劇，那一條條馬鞭所象徵的你，那意象從時空的交流中，就聯想到我們人又何嘗不是如此的轉化，一條條歲月的鞭痕，該是如何的深了？

冥想在人造雨中

溽暑渴雨，閒齋枯坐，展紙欲作，一字無成。人造雨雖涓涘無以解亢旱，亦仰望雲霓之際如沛然甘霖也。想起數十年前鄉人每遇旱季，必齋戒沐浴，祈神求雨，不僅農人虔誠參與，卽一縣父母官，亦躬親禱於神明。吾鄉有龍口潭，深及數丈，潭之上下游爲灘河，卽亢旱之季，儲水量亦有數萬噸，惜未能導灌於田畝。求雨祭典輒在潭畔行之，蓋求龍降甘霖也。

所謂求雨，亦卽祭祀龍神也。龍可興雲作雨，此鄉人傳統神話中牢不可破觀念，莫非亦先民龍族，凡遇艱困，必祈福避禍於龍。而此一求雨祭龍則常在午後，備一陶罎，祭祀之後，卽入潭取水，得一魚一蝦卽視爲龍之化身，藏諸陶罎中，歸而供於神壇。經此祭典之後，偶或四山雲合，雷雨大作，鄉人則信爲龍神降福矣！或者久祭不雨，則以爲有人心不誠，故神不顯靈而懲罰斯土斯民。

此等求雨祭神儀式，爲幼時所習見，鄉人在神話中討生活，無謀於水資源之興利，所有耕田靠天吃飯，一遇旱季，惟有求諸魚蝦，視爲神祇。時難年荒，命運就如此掙扎於無知之中。而今以人造雨解旱象，此乃人的智慧改變氣象，使農業進入科學化，不再迷信於興雲作雨的神龍了。今天的翻雲覆雨之神，則是飛將軍在數萬呎高空中施放乾冰，爲民抒悃。此一景象究非當年縣太爺率領子民，冒着六月流火似的烈陽，數十里外汲一勺水求一隻蝦，那種愛莫能助的心情可與同日而語。

上天有好生之德，這自然之神給予人類的資源，可也有它平衡的規律，如不能善爲利用，自也有匱乏之虞。無論水資源，或其他能源，並非取之不竭，用之不盡的，以往有一勸世警語：生前不節制用水，死後入地獄必罰以日日用築籃挑水的苦活。雖屬神話，但也有勸人節約資源善意。今天水資源之利用，不僅飲用灌溉，它更涉及到工業建設，自然生態的平衡，既要節制取用，又要愼防其污染，這是現代人類生活中一大課題。要在有時想無時，切勿無時想有時。我們的電力一入夏季卽達尖峯，在此油源最困乏且昂貴時日，當你使用冷氣之際，也該想想這筆鉅大的外滙支出，都是大衆血汗的結晶，人同此心，大家有福！

水仙的世界

友人送來一叢將開而未開的水仙，並附有磁盤和純白鵝卵石，作我的新歲案頭清供。他的苦心不在乎這些，只爲了那一點清清白白，毋須一撮泥土，一線陽光，就能在白石清水中自開自落的生命情調。

我的朋友並非附庸風雅之人，拈花惹草之輩，他也像水仙一樣裸着自己向這個世界奉獻生命的人。想是愛屋及烏，就分割了這一簇清雅，爲我的陋室平添一些生意而已。

其實許多人失落了泥土，不是白石上的水仙，就是那岩邊的幽蘭，靠着那一綹根鬚，吸吮自己的生命乳汁。每當畫家寫蘭或繪水仙這些植物樣相時，我就深深顫慄於他們的一筆一墨的靈思，似乎在速寫着我的每一脈絡。

現在供着這一簇水仙，朝朝暮暮相看不厭；看得出神了，驚覺到水中的裸影就像夢中的自己。葳蕤思照見了他的投影，他就一躍投入而與影複合，這神話美極且凄清，豈眞應了我們一句老話

「顧影自憐」。我想我不會像葳蕤思那樣自我迷戀，即如這付皮囊也可捨棄，況那飄忽的影子耶！

不知是誰製造了鏡子，讓人們看出了自己。就像這盤中的清泉照見了水仙的倒影，這是最悲愴的際遇，正因那投影是隨形而存在的，所以我們苦於這形象的擁抱，而不知我形之外，還有更美好事物了。葳蕤思之迷戀不可觸及的形影，亦正是他的生命的悲歌節奏。

大概醉中的李白，「舉杯邀明月，對影成三人」那一情境，醉人舞影，彷彿見之。如果把李白投水捉月之事，與之比對葳蕤思的傳說，兩者俱是迷形戀影人。淵明曾寫過「形與影」一詩，可見出他是「縱身大化中」的人，他的曠達則不像前者自我拘束在形影之中。

因而我還是喜歡齊物論的莊周，他生活着像泥塗中的曳尾龜，或者作夢時變爲一隻翩翩彩蝶，出神入化，俱是莊周的存在。這般坦蕩蕩的活着，還有什麼掛慮呢？他把自己的生命投入了大化，擁抱了萬物，所以他不再孤獨了。

我們人可能由於卑微之極，無不爲了維護那既有的形象，甚而追求形象之外的影子了。因而我面對着這一簇水仙，從抽芽的聲音到開花的幽香，無不是閒逸和清靜的世界；就覺得它是你我必讀的課本，學習的生活。

不知道你什麼時刻可以來共對我的水仙世界，唯一盼望的，拋却你的一切羈絆。這簇水仙給予我們的信息，決非陽明格竹子的事。我說過要學習生活，我們還是離不開自然世界而傲立的人，即如一簇水仙的滋生歷程，我們需要一生的努力去達致的，你能鄙棄嗎？

何可一日無此君

中國人與竹所發生的因緣，最早的想是竹簡了。此一文化也延續傳播了知識，至於後來竹子用於建築，器物，甚而「何可一日無此君」的東坡，竹筍燒肉，成為一道名肴，自是不在話下。竹列名於四君子，與梅蘭菊，高躋於植物畫的地位。想是他「清操勵冰雪」，歲寒而不凋也。古時以竹為信物，所謂若令符節，想蘇武域外牧羊，手持令節，亦不過一竿在手耳。國劇舞臺上，一鞭代馬，那鞭子也是取自竹根為之。鞭絲帽影中，可想見僕僕風塵中匆匆過客。奔馳過古道斜陽，莫不是淒清的畫面。也許你驀然見到「獨釣寒江雪」的江上簑笠翁，手持釣竿，在寒天凍地之間。如果詩人用字，寫成「釣魚」，那這首詩等於白寫了，可是他把魚字隱去，只說「獨釣寒江雪」，這就是詩境，一種空靈的塑造。況這漁翁正在垂釣，還在「魚與雪」之間：釣得是魚是雪，乃一未知數，詩就從這「雪」的形象上釀出來。若有若無，在中國傳統詩中的虛實運用，眞是絕妙也。

近年來竹製品外銷，也有相當的成果。惟獨竹雕藝術依然粗糙，我們藝術家偏偏疏遠了這些竹製品工匠。古宮竹製品非常精緻，有些極品為稀世之珍。扇骨多為竹製的，除了扇葉品題詩畫，那開闔的兩片竹上，盡為精雕山水花鳥之類，這種絕活，已無傳人，當然大家泡在冷氣裏也就忘了這些生活藝術了。中國人的生活，他所取之於自然萬物，使它物盡其用，且提升了生活品質，這也是中國人的智慧，最能創造環境也。

在溪頭孟宗竹林裏，建有一幢「竹廬」，裏面的器物想也是竹製品才有和諧的情調。前度遊蹤，惜未能求一宿，否則風雨夜獨居竹廬，聽風聲雨聲，琅玕清音，比起塵囂的北市，豈不是一個清清明明的幽境，有如竹里館中人。幼時曾習寫竹，歙縣老畫師相贈一支他自己用了卅餘年的羊毫長鋒，筆桿已有裂痕，但鋒芒猶勁健。携帶來臺，至五十六年，轉輾間不知所終。不僅懷念這支筆，更懷念那位贈筆人。他的鼓勵，空自辜負雅意，到今天我寫的竹，仍然像是江上蘆葦，簫簫風中。這大概我缺乏竹的虛心，以及青雲直上的追求心志，因而寫竹寫成了蘆葦！真是孺子不可教也！

第六輯　寸草心

給我的母親

沐浴之後，焚香靜坐，今天我眞想給妳寫一封信，不管它是否能投遞到妳的手裏，我還是像幾十年前一樣，在我家的老屋西廂，說出我的願望。那是最燦爛的溫暖的時光，一種童穉的語言，沒有妝飾的，就像餐桌上的黃昏閒話，那滋味惟有妳手烹的菜根可以咀嚼出的。

如果允許時光倒流，此刻妳也不過四十多歲，而生活急迫的拍子，已奏出妳額間多層次的線譜。兩鬢之上，好像也見出了初霜。我從未學習過素描，我無法在我的心版上經始妳仁慈的笑貌，也許這不是藝術家所能營造的肖像了。想起童時曾吟過李白的詩：「相看兩不厭，惟有敬亭山。」而母子相對，那兩張臉總是相看兩不厭的。

我現在正飮着一杯濃濃的凍頂，比起妳愛品的湧溪茶，就遜色多了。我之習於品茶，也源自我家的茶道傳統，幼時妳給予我的生活感染。那種釃得像陳年花雕的茶，琥珀色的，一早起來妳就一杯在手，妳未曾談論過茶道玄妙，而茶道却在妳的生活中默默行之。父親除了茶之外，偶然一尊天馬牌的高粱酒，他說喝了就像天馬行空那般自由自在。此一境界，當時我只能茫然聽之。而今尋味，父親的酒之世界確是與道俱往，不足以與外人道也。茶與酒，我至今知命之年，也只能承襲妳的一杯苦茶。去年到日本，住進觀光飯店，四十七層的建築物，每天四十元美金還喝不到一杯苦茶，只好把隨身帶的茶葉浸在自來水裏用以解渴，一回國就感染了腸炎。那時我曾想，卽爲了享受一杯苦茶閒趣，也不願逗留彼邦。眞的，如果要想喝我們涇縣的湧溪茶，我眞情願以我的鮮血去換取的。因而妳給我的教養，也許不僅止於一杯茶的道理了。

今天三月八日婦女節，五十四年前的明天凌晨，正是我呱呱墜地時刻。故鄉元宵過後第五天，還在春寒料峭中。三十歲的妳懷我以第三胎，妳的喜悅之情和我的呱呱之聲是一不朽的構成。而妳給我的愛何其淵深？六歲入學，猶未斷乳，每憶稚癡，不覺莞爾。幼齡含乳，老至愛茶，莫不是涓滴皆慈恩仁澤也。愧非一隻反哺的羊和烏，在這「何處問死生」的惆悵之中，雲天淚眼，此情難已。

每年總把自己的生日當作妳的「受難日」，每次看到一些和妳年齡相仿的老婦人，直覺那就是妳的慈顏，一樣也驚覺到自己人老天涯。卅年，一別如永訣，人世的生離死別固然無常，惟一種歷史的錯誤所構成的浩刼，一雙血手分割了我們的天倫樂趣，此恨綿綿無盡期，感念妳的仁慈，把我割捨，教以忠，勉以孝，去學習犧牲，去完成奉獻。艱難歲月中，那荒瘠的土地上，不獨是生計的日絀，而心志的壓迫，更使妳難以承受了。果若妳還健在人間，妳惟一的生存盼望，乃是讓遊子回到妳的膝下，乃是讓這世界重獲幸福。妳是多麼寬容的人，割棄所有的自私意念，以自己的生命養存着一顆愛心，包容了妳的一生，妳所經歷的生命的里程，從昏暗的帝制而民國的誕生，從頻年的戰爭而一個新專制共產政權的奴役，妳迷茫的視覺中，乃一片生靈塗炭，妳心靈壓疊的豈僅我們母子的離情！

今天，我品味着這杯苦茶，我想妳的心比這杯苦茶還更苦的。因而想起妳的名字一個「蓮」字，聯想到「出汚泥而不染」的高潔，而那顆蓮子的心是所有苦澀的象徵。子欲養而親不在，我的心一如蓮心之苦。有人署名居處爲「苦齋」，而我則以「仰蓮」署我室，以示蓮心之苦，苦我心志；毋忘我母此恩此德，不負畫荻斷機之敎。翹首白雲天垂之處，想朝朝暮暮有白髮倚閭人呼喚着我的乳名，那聲音彷彿呱呱墜地時第一次聽到的這世界上最美好的聲音。

——六十六年三月八日士林

忍堂記

每當氣憤難平之際，胸中塊壘壅塞之時，總想有所抒發，求諸一吐爲快。因而也想起了幼時耳濡目染，先祖留給我的一個「忍」字。那方方斗大的趙書，遂即湧上心頭，有容乃大，能忍則堅，前者爲天下之大柔，後者爲天下之至剛，剛柔兼濟，始可處世治事作人。如果說忍字頭上一把刀，這把幷州利双，自可斬絕名枷利鎖，盡克大難大艱，故忍心養氣乃圖百成也。

養氣不易，帥氣更難，養心不愼，偶一染汚，則腐朽自然而生，但能忍得寸心，使之收放適度，則運用之妙在於一忍字耳。先祖遺訓一字眞言，使世世代代子孫善爲寶用，比起任何財富更爲無上珍貴，我曾經使用過「四恩堂主人」，意在不忘國恩、親恩、師恩和友恩也。我在這四恩德澤中滋長，總想圖有所報，不負恩賜之厚。而今惟恐自我隕越，或有所怠，此一忍字應是淬勵之處，所以特將此「忍」字額書於堂壁，以示不墮家風，傳承祖德耳。

總因心中存有一分時時戒懼之情，每當獨處一堂，愼之於始，察之於深。蓋此一室亦至卑至微至大至高之心室。其爲善爲惡，莫不由此而念生，不可不戒之愼之。存善袪惡，堅其志節，忍其枉妄，庶可毋忝所生。是可忍孰不可忍，乃要忍人之所不能忍者。岩石中美玉之孕育，其寂寞歲月，漫漫如夜；當其破石而琢之，則價値連城，亦一堅忍然後放光芒也。人生際遇，莫不是岩石中之蘊玉，必從萬刼琢磨中來，視其能否經得起鋒銳，忍得住砥礪而已。我之復以「忍」字署我書堂，用期自勵心志，忍辱負任，非炫一己之狂傲，乃作世間之忍人耳。

前年遊溪頭，瞻仰那株一千八百年的神木，原來這株神木，其根落於岩石之中，生之艱難，可以見之。想及一粒種籽落土之際，形容卑微且極孤獨無依，風雨欺之，冰雪侵之，雷火焚之，歷萬刼而不渝，欣欣向榮，卓然特立。草木猶如此堅忍，況血肉之軀所擁抱的一顆靈心，雖說百年之身，終將歸於泥土，惟能堅其心，弘其志，則另一生命之承續，必延綿而不墜。神木給予人的啓示，不是一千八百年的壽數，而是那顆生命的意志，却忍於環境所形成的險象，人與樹之間，唯一忍其一時之難，相爭千秋之美。

蓴鱸之思

張翰這個人想也是性情中人，當吳中秋風起時，想到家鄉的蓴菜與鱸魚，就命駕而歸。此一美談，即成歷史佳話。以後凡是涉及思鄉之情，無不以蓴鱸象徵之。好像這兩品菜的滋味，最能喚起鄉情的。

可惜張翰不是生在現代，否則不致爲了蓴鱸鄉味，掛冠歸故鄉。臺北市上，雖非吳中，但蓴鱸之味，舉箸可得，如果張翰居此鄉，則樂不思吳，況一蓴一鱸！

我吃吳郭魚與空心菜，算來也有三十有餘年，這兩品菜和蓴鱸相較，自有差別之處。偶而涉入張翰的那段美麗的史話，面對着盤中細細嫩嫩的吳郭魚和青青翠翠的空心菜，齒頰之間，似乎溢出了一些苦澀滋味。大概天下人唯一相同的是思鄉之情，無關乎吳郭魚與鱸魚，或者蓴菜與空心菜，不一定因時空或人物的變易，它總是深藏於我們情感最原始的地帶，它時而隱蔽，時而興起，最難捉摸的部份，許多眞純的文學藝術因而洽情契機的發生了。

空心菜，它的生命最堅韌的，繁衍於水旱，無視於荒蕪，它總是一片青翠。吳郭魚只要有水的田畝，就是它的繁殖世界。在我們的盤餐之間，它是價廉而物美的族類。世界上有許多最卑賤的事物，有其最珍貴的生命，只不過我們人類的視覺常常爲這些暗淡的部份忽略了，我們的聽覺也從市儈評估聲中失去了判斷能力，這就是所謂「貴耳賤目」人，文學藝術的批評中，這種人愈多，我們眞正的文學藝術也就淪爲吳郭魚和空心菜了。一幅前人的名畫市場價值，也許比不上現在還走動的畫家作品標價，我們缺乏歷史感和藝術的認知，因而逐波隨流，附會風雅。所謂藝術收藏家，頂多是一介貨殖傳中人。這莫非批評與收藏，失去了價值標準。文學作品在今天的印刷術普及中，造成了文化的髒亂與汚染。

啃空心菜和品吳郭魚，一樣有其蓴鱸之美，惟在文學藝術的選擇上，我們總感到舉箸難下。物質的領域日又一日的突破，精神的領域却未見有新的擴展和充盈，當然我們文學創作者，莫不砥礪自新，可是出版界缺乏一個較遠大的視野，依舊計較於脚底那塊方寸之地。文藝刊物該是推動作者文風和讀者欣賞風尙的力量，而今則在最低趣味去迎合，去捨取，而也令人興起了蓴鱸之思！

從方圓的琮說起

琮爲古時禮地之器，外方而內圓，是亦取自然之造型，故宮及史博館今存者不少。近來治陶者有仿製品上市，惟前者爲玉質，後者則陶土耳。

我之本名有一「琮」字，偶而爲文用「方亦圓」筆名署之，蓋取琮之方圓耳。因而見到陶製的「琮」，迫不及待購來把玩，視爲最貼己之身外長物。

大概中國人命名，期望其名歸實至。我之取一琮字，想也是冀望處世作人，能達於方正圓通。父親早於廿七年前謝世，沒有一字遺命，留給我這個天涯未歸遊子，他賜給我的只有這個在我未出世之前就鐫在祖父墓碑上的喜名，而今戶籍簿上，也是這個先我而名的「琮」字。我想父親一生他自己謹守方正圓通之道，所希望於子嗣者，亦莫不如此耳。

「千秋萬世名，寂寞身後事」，這種悲哀之事，惟有讀歷史的人，可以感受到那一襲時間的腐蝕餘痛。因而勘破了這一層，有人就興起「唯有飲者留其名」無可如何之情了。所以孔子在他的時代裏，亦不過「不義而富且貴，於我如浮雲。」況一世勞人草草，渾噩於生死者，那點名器又算得什麼？我父賜名，想也勉我勿作自辱辱人之事，清清白白，方方圓圓，就像一座玉琢的古琮一樣清澈，寧靜而樸實。我握住這座陶藝品，彷彿沉思於幼時庭訓，他給予我的豈止一個名字而已。

及長習字，讀陳繹曾畫界對臨圖，其中有「方圓」之說：「方圓者，眞草之體用，眞貴方，草貴圓。方者參之以圓，圓者參之以方。斯爲妙矣！然而方圓曲直，不可顯露，直須涵泳，一出於自然。如草書尤忌橫直分明，橫直多則字有積薪束葦之狀，而無蕭散之氣，時參出之，斯爲妙矣。」這段方圓高妙之論，固是習書者潛沉之鵠的，但亦契合人生事物之奧義。探理執義必如作眞書，使才用情必如作草書。惟兩者得而參之，則將達方正圓通之情境。故中國書道藝術，亦莫不融會於人道藝術。或有道人讀某人所書，縱未交臂晤談，亦知其爲人，想是書道方圓中可窺人道機微一二。

顧名思義，對此方方正正，圓圓通通的仿製古琮，我是否有所虧於父親當年命名的美旨，想來不勝愧悚爲之汗顏不已？臨池參悟，似有獲於心者，隨筆誌之，以勵心志！

雨花石記

無論你挾着風雨降生
或者埋植泥土長的
五色晶瑩的卵石啊
你的生命就是不凋的花
一朶朶開放在望鄉人的夢裏
而今也成了美麗的鄉愁結石

傳說梁武帝時雲光法師講經於南京市南之聚寶山，至誠感天而雨花，卵石皆五彩晶瑩。三十餘年前兩度至京，曾去雨花臺檢拾雨花石，那不過一種年少情懷，至於這些美麗的神話，只是加深了雨花石的神秘色彩。有朋自香江來，塞給我兩枚五色透凍的雨花石，我禁不住握着似乎有着生命的卵石，手心遂有一道暖流穿過，好像握住了整個的故土，我的眼淚也像雨花般的落下。

我不忍說雨花石是一枚無情的頑石，它旣不能讓女媧氏去補天，又不能成爲卞和懷中連城之璧，一枚美麗的卵石而已，它從故土遠遠的傳遞而來，從那雙粗糙的手心，不知是男的，還是女的，是年少的，還是年老的，他們俯首尋覓之間，只想換得一碗飯果腹，美麗的希望僅止於此。我想他們的淚眼也佈滿了血絲的，就像雨花的血紋。他們點不成金，或者點不成羊，不過他們的一顆心是透明的如同一枚雨花石，銘刻着不是文字所能傳達的誓言。

因而握着雨花石，想起了「石頭記」，那不是金陵的故事嗎？秦淮煙水，茫茫如夢，曹雪芹筆底滄桑，只成了歷史的扨灰。我不是把雨花石當作寶玉的「命根子」，那眞是沒有出息的小子了。可也沒有把他當作三生石，好像生命中註定的因緣。電光石火，原本生命的展現，雖說瞬間無常，但畢竟是生命必要開花的，就如雨花結出的石果。那些煮食療饑的人，在尋尋覓覓摸索着不是雨花石，應是自己的生命。

握着五色石，似乎聽到萬古洪荒中的呼喚；一種錘打的金屬回聲，莫非摩西正在擊打着磐石，讓十億的人在饑渴中，汲引一口清泉；我的淚水也被這樣的擊打流成了長江黃河奔流到海涘了！

手書帶淚字參差

手書帶淚字參差，荒塚斜暉共一碑。
厚薄應憐人意苦，磽磽復見世情危。
孤松壓雪猶寒骨，寸草向陽可展眉。
三十年來遺憾事，傷心豈獨未歸兒。

——謹書先父母墓碑紀詩

今年正月賤辰，曾有「遙寄母親」之作，倆老先後逝於四十二年和五十一年，迨至去歲五月始獲磐之書告，噩耗遲傳，寸心如錐。父逝之日，家貧無以爲殮，棺木及人工均係親鄰情商賒欠而來，第二年秋收，始得歸償。一窮二白，鄉人皆莫不如此。讀磐之近照，憂傷憔悴，菜色獨浮動於眉眼間。三十年來，竟從小康淪爲赤貧，遑論歷世書香中斷而事耕植耶？

親墓葬於銅嶺及前山，黃土一坯，獨向荒蕪。惟恐年久殞滅無跡可循，款助盤之立以碑誌，特親筆書之，轉寄勒石。父墓銘文：「蒼蒼銅嶺，虎嘯馬騰。悠悠天地，其德可風。」母墓銘文：「您平凡的一生，却賜給我們偉大母愛。您仁慈的心靈，就像大地般溫柔敦厚。」臨郵草草，未有更妥切的語言，可以表達感恩心意。磐之爲了修葺墓事，費了許多心力，而我一個最大願望，此刻脚跡雖未能親自匍匐祭掃，當以手跡先行銘勒於墓側，藉抒人子之憂。果眞九泉有知，當可臨鑒一片寸草之心。讀孟東野「慈母手中線」之句，彷彿昨日離家時情景，母乳我六載，兒却不能回饋菽水一瓢。卅年來成一慟，人世最傷心事也。非常感謝那位鄉人細心銘勒，使手跡重現，毫無差誤。自來人子爲先人立墓碑，莫不冀求顯達者一字之褒，以揚父母，縱然浮文藻飾，其孝思實莫可厚非。惟我遊蹤海外，一身獻於憂患，親在旣遠遊，親逝未能歸葬，今以蕪詞拙墨，爲雙親告慰，亦難贖罪孽於萬一。

銅嶺和前山，均爲髫年履跡所及處，祖宗廬墓其間，杜鵑欲血，蒼松飛翠，死後得此天地長眠，總算較掙扎於饑寒與恐悸中人有福多了，萬里家山，白雲迷漫，望中淚盡，往事如煙，磐之寄來墓景照片，放大鏡下仔細觀之，每一石一木，無不繫我情思，亂我愁緒。因而復得七律一首，並請磐之爲我在墓前焚祭，不知地下爺娘可聞見天涯哭聲耳。

一詩解鄉愁

洪塘春草夢中緣，老屋書聲夜半遲。
彷彿啼雛依影壁，奈何白髮對愁眉。
簞瓢非復顏回樂，貧賤方知潘岳悲。
不盡滄桑無限恨，月明淚眼苦低垂。

——讀培弟故鄉行影集及釋文

十九年後，培弟再度返鄉，携子女訪親謁故。人事滄桑，不堪回首。轉寄來故鄉行影集及紀行長信，滿紙辛酸，淚痕處處。影集中一幀洪塘「影壁」，喚起了髫年舊夢，聳立無依的一面影壁，雲雀在壁瓦空隙中爲巢，孤雛饑啼待母歸，那形景思之惻然。這個建築物想也百年以上的歷史，鄉人呼之謂照壁或影壁，就像一座屏風，隔着池塘掩映着一片老屋。從照片上仔細辨認，苔蘚斑斑，在風風雨雨之中，像這塊故土上的人。所以我在詩中，總有「彷彿啼雛依影壁」那一襲親情相依的感受也。

一簞食，一瓢飲，在賢者如顏回，則是陋巷小隱的樂趣，而今他們簞瓢清苦，無慰於饑渴。磐之喪偶，花甲之年還須躬親耕植，豈僅潘岳悼亡之慟耶。一位讀書人在那種社會中，讀書有何用？這樣的悲苦，想不獨磐之一人承受。吾家世代書香，竟在三十年中秦火爲刼，止於活命而已。一家之刼，可以窺見墮落的制度，遂使文化隨之墮落了。

我的親人們，無不是「苦其心志，勞其筋骨，餓其體膚」的，好像天之將降大任於斯人也。那種苦撐待變的心情，眞是灼人胸腑的。而我們之中，在福祉的生活裏，却不知奮發，遺忘了來時脚底的箪路芒鞋，如果我們的意志也在奢靡中墮落消沉，豈不是自作孽！身無半畝，而胸懷天下，當是這裏的所有中國人應具有的情懷。杜甫有一句詩：「百年粗糲腐儒餐」，雖說儒者清苦，但清苦生涯中，總要磨勵其心志的，讀了培弟的故鄉行紀實信，使我無限羞愧，他們之所以苟全性命者，唯一的冀望，是重見天日的世界，讓我們爲之旋轉。

寫了這首七律，猶覺餘緒未抒，時當中秋之夕，樓前月光如水，一陣秋涼直襲心頭，驀然間酸楚與悲憤俱來。繫此短跋，爲詩註脚，爲苦海中人作見證。

最可惜一片江山

燕子來時，更能消幾番風雨。
夕陽無語，最可惜一片江山。

這是粱任公集前人詞句聯，爲書家們一寫再寫的聯語。這一聯常常映現出一幅遊子歸來的畫面和他的詩境與心境。前一聯頗有江南不勝哀，雖然是說春天，是寫燕子，這江南在眼底，已是一個再也經不起幾番風雨的江南了，何況這尋春的燕子那沉甸的心情？緊接着是夕陽無語中，這正是最蒼涼時刻，鳥啼花落，最可惜如此一片搖落江山。商隱有句：「天意憐芳草，人間愛晚晴。」這心境亦莫非無可奈何耳：彷彿爲粱任公集聯詮釋了那夕陽無語。

我不知道今天許多回大陸探親問故者，是否也是一羣遠歸的燕子，者番重來，正遇上風風雨雨、面對着窮困和壓鬱中的王謝堂前，烏衣巷口，江山依舊，夕陽無語；那一襲空寥無着處的心情，恰似粱氏集聯中的風物。北平的國際機場，聽說畫了巨幅的裸體壁畫，食人族的酋長心態，也想藉着現代畫來掩飾這一片冷落江山，這也是自卑而又自憐的情緒之表徵，這壁畫可能帶給西洋遊客一些土著時髦之感，惟畫壁後面的一片江山，更能消幾番風雨呢？如果依然照一貫的「社會主義寫實路線」，還不如紮上一個牌樓，把梁氏集聯書掛兩側，這才是經過了三十餘年的社會主義之寫實。而且無論中國人或外國人，心境與人境的相映照，在這副聯句中，自然更能貼切入微，衍生無上聯想！

集聯亦詩人妙手別裁也。梁氏集句之當時，想未料及數十年後之中國變貌，在梁氏讀詞之餘，戲爲摭綴，偶成詩讖。我想梁氏地下有知，自亦遺憾也。一個有才情的詩人，必有其絕世的手筆，梁氏隨意摭句綴聯，卽成絕妙，而且不囿於時空，都能發人深思。而一些最壞的政客國賊，一意孤行，也能使一片大好河山，化爲夕陽中的廢墟，歷史常常捉弄世人，本是不相關的事物，偏偏湊泊一起，梁氏的集聯和中國大陸的景象，如此的重現於世人心鏡之中。毛酋旣逞英雄也自命詩人，當年去重慶曾有「沁園春」一詞，其中說「江山如此多嬌，令天下英雄盡折腰；」如果毛酋在地下再讀梁氏聯，是否也有「夕陽無語，最可惜一片江山」呢！大陸鞭屍之聲正隆，天下英雄旣未折腰，惟此死靈魂卽將粉身碎骨了！

天涯淚眼讀家書

今年的母親節，對我來說，乃一悲喜參半的日子，我辭親遠遊，今屆三十五年。這漫長的歲月，眞個「有弟皆分散，無家問死生。」父母之年，只是戶口簿上的註記。父母的面貌，只是鄉心深處的形象。死生消息不得聞，昊天之恩何以報？此乃人子最難夢魂安枕的事了。前些日子曾撰「春暉寸草心」一文刊於「國魂」五月號，總想藉這篇文字抒我長想，贖我罪愆，在此海角，作爲二老九秩獻壽。可是母親節的下午，從海外轉輾而來的一紙家書，却明明白白的寫着：父逝於四十二年，母逝於五十一年。這迸地驚雷，使我的天涯懸想，頓成幻滅。

萬里一書，無非滿紙的生生死死的紀事。珊哥的筆跡，未改當年的韻味，六十六年我姊我嫂相繼而逝，珊哥說這是淚線未曾斷過的一年，寥寥數字，我感受得到他所負荷的悲愴之深之重！千盼萬盼一個消息，却是連連相迫的噩耗。計算那些年月，正是故鄉水深火熱，大刧大難並至。縱不病死，也要積憂而終的。

信上未曾吐一個字關於大環境的情況描繪，只說新生代不搞農業，就當工人。想及從祖父一代以至我兄弟輩一百餘年來，莫不是承襲書香的門第。這樣的門第，而今却在三十年風暴中搖落。這點滴家庭瑣事，已夠天外人一管窺全豹了。讀書人在那樣的社會制度下，無有噉飯處。搞農作工，也許可以塞飽腸胃，雖說村裏添了一所中學，這倒很新鮮，可是我那位小姪子，畢業後只好到親戚處學木工手藝。足見「噉飯」是鄉人們唯一冀望的事，更是千千萬萬人餬口目的。所以做奴隸也得奢望一簞食一瓢飲以裹腹。如此困境，人何其堪！人生之追求，豈止於簞瓢之事耶？

溝壑哀鴻，猶可一唳，惟今紙上鄉情，難以哀哀相告，吞吞吐吐之餘，字裏行間，無不是淒涼眼淚！燈下讀之再三，枕上夢之彷彿，心上牽掛萬千，這是人老天涯讀家報的況味。三十年家園，萬千里河山，觀乎一紙，付與太息，想想爲人子者，如此海角棲遲，雖未辱於親亦辱親，況其尊之養之，蓼莪之篇，不忍卒讀。此生寸草之心，無以報三春之暉。如今三月，銅岑前山，杜鵑花開杜鵑啼，天若憐我？正是夢鄉路上，泣血人匍匐歸來！仰視浮雲，一片空白！

第七輯　詩之餘

楹聯文學難以為繼

從桃木板而神荼鬱壘，簡約爲分書四字，再而以春聯代替，年有創作，繼之不衰。此一民俗由祈福驅凶轉而爲文學表達一年之願望與勉勵，蔚爲生活的文化領域。其所以如此綿延發展，我想屬於兩種因素。一是中國文字的優美，每一個字有單獨意義與造型，字與字的組合，發展了詞彙無窮的變化，所以律詩楹聯之作，唯有中國文字始有此種獨步世界的藝術創造。一是中國字之書寫，有其正草篆隸之體變，形成了一種獨立的書道藝術。貼一副春聯，結合了文字與書法之美，裝飾了新春喜氣，這可說春節中娛樂之外的一種最普及的文化活動，它與文虎趣味相得益彰。因而我們不可視爲「雕蟲小技」或者說是騷人墨客的遊嬉，蓋從春聯文化中也可透視出社會、經濟、政治的變遷，中國人的創造能力和求新意念，適應着時代的進展，它不是泥古不化，自囿一格的；而其文化的融和力，滲入了生活每一層次，可以說中國文化的生命活力綿衍展布乃是生生不息的彌久常新也。

傳說中春聯始自五代時蜀主孟昶，至明太祖倡導，大行天下。之宋後民間採門神與春聯並行。而今由於建築從平房一躍爲重樓，吉祥文字成了室內裝飾應景。春聯之興替，也隨着現代工業文明興起日趨衰微了。卽如春節某電視臺展示民族藝術，有春聯剪紙一項，而書寫者等於一位油漆匠亂刷亂塗，如此應景節目，該當請位書法家臨場揮毫，其對青年觀衆也極有教化作用，製作人草率爲之，豈不是糟蹋了先人優美的文化遺產。

書法一項固然凋蔽不振，卽製作春聯或其他楹聯，亦似乎「大雅久不作」了。對仗既不工，卽平仄亦欠調。至於冠字或嵌字聯，尤其難得一見精品。如果說作楹聯，乃一文字遊戲，實則也是一門藝術。往時凡名勝古蹟之處，莫不懸有楹聯，以資點綴當地風光，興發懷古幽情。且此等楹聯，皆出自名家手筆，領一代之風騷，成千古之絕響。故抄錄名聯和搨碑，也成了遊覽之餘一椿雅事。今之觀光地區，極少有此種卽景卽情的聯對可以供遊者品味，因而今天的觀光客眞是雪泥鴻爪，不復計東西了。不知觀光局對於各地興建的樓臺亭閣，能否把這一楹聯文學傳統發揚而光大之，使遊者不僅享受山水之清幽，也能感受藝術之優美。

「與人作對」一樂也

一向喜「與人作對」，所謂「作對」也者，並非唱反調，或者抬槓。可也不是促雙成對之事。只不過人來索字，製付對聯，嵌書尊名，聊作紀念而已。因此索性在「中華文藝」月刊開了一個專欄，署之爲「無獨有偶聯話」，其錄入者皆平時所製聯，並弁以數語，用資閒話耳。

製嵌字聯也頗不易，總要嵌得自然妥切，一免強就有斧鑿之痕，那就不必如此削足就履，隨便拾來詩句書之可耳。不過看到別人的芳名，有時難免跫然心喜，這種可製詩聯的芳名，決不輕易放過，於是「與人作對」這檔子事，也成了嗜好。文壇老將張佛千先生，乃個中老手，正因我喜「與人作對」，他也與我「作對」起來，去歲承其見示一聯，並由董開章先生楷書精裱，厚我如此，頓使蓬壁生輝。他將我的本名和筆名一併嵌之如次

「令」聲廣施，傳徽市「野」。

「仲」宣獨步，鳴玉琤「琮」。

帷聯中過譽，實不敢當也。卽此翰墨因緣，已令人感激。我曾捉摸過佛老的大名，但始終未果，雖有打油一聯，如書贈，佛老必杖我腫也。不過我還是附錄在此，聊備一格耳：

豈敢「佛」頭着糞耶？

不過「千」中得一耳。

上聯表達我的不敢造次之情，下聯則因佳構千中得一而已。曾擬在上下各加兩字，一爲「小子」，一爲「先生」，不知佛老嗔我無理取鬧麼？或者責我專門以此和他「作對」也。想大雅如佛老，必見諒之。

羊年一開頭，有人索聯，宇澄先生，本要書屏，結果還是給他作了對：

「宇」宙之間歌正氣。

「澄」清而後定中原。

這一聯其中有「之間」與「而後」虛字相對，也要自然爲工，另有女詩人馮青，工吟咏復精烹調，每有美味瑤篇，必先饗我。「馮青」二字冠之，久久未能下筆，偶然與會，得之如下：

「馮」魚有客歌長鋏。

「青」鳥為君報素書。

帷現代姓馮的，不須彈長鋏之歌，食則有魚出則有車，只因我這個老饕，偶一唱之耳。說來與人作對，不亦樂乎？

贈于還素氏集聯

傳統文人向有以集前人句，樂之不疲者，這眞是借別人的酒杯澆自己的塊壘。彷彿先抓成藥而後配成處方。此乃文字遊戲，究非創作也。此外，一首律詩，其中七句都是自己的，偏偏要借得古人一句湊數，是爲習染之惡，亦瑕中之疵。

惟集句雖說抓成藥，亦有其慧心靈眼，巧手天成。集來的詩句，再予組合，亦得表現別有境界，並非各說各話，無關痛癢也。如果集成律詩，則其中兩聯，又得對仗工整。雖易亦難。莫道雕蟲小技，壯夫不爲？

近讀韋應物「初發揚子寄元大校書」詩中「何處還相遇」句，及王維「青谿」詩中「我心素以閑」句，摘而綴之，恰成一聯：

何處「還」相遇？

我心「素」以閑。

其中還嵌了作家于還素兄的「還素」二字，眞是踏破鐵鞋無覓處，得來全不費功夫。旣是集聯亦嵌字，隨筆書之，以爲介壽。我自習詩以來，四十年間，未曾集句過，僅此集聯，爲我破天荒。

韋應物大概去揚子江的鎭江，因而寫了這首寄給他的好友元結。「今朝爲此別、何處還相遇?」我借句爲聯雖亦問也，但所問非再晤之時間地點，下聯答語，如王維「靑谿談如此，我心素以閑」相遇相知，正是淡水交情也。同時，相遇於一片心靈深處如靑谿之水的淸明世界。因而這上比與下比一問一答之間，正成了另一境地。

這聯詩固然嵌了「還素」，但也詮釋了「還素」兩字的另一層次的意義；淡泊明志，安素能閑。富貴榮華固是人生界熱鬧事，也是世人莫不汲汲相求者。惟千古寂寞，也卽此等熱鬧。許多人把一顆不染的心都付給世俗的熱鬧中，乃莫大的犧牲。吳經熊先生有一首五絕詩說：

「我心如小鳥、羽毛尚未豐。
不作高飛想、依依幽谷中。」

依依幽谷中的小鳥，正是生命的本來面目。活活潑潑，其鳴聲出於山水淸音。人的一顆心苟能存養若是，則其安素歸眞。吳氏詩中那顆心誠如赤子，但願髮雖白，而心猶赤，則如谷中小鳥永遠翔鳴於自然!

程著「宋詞集聯」別記

余喜楹聯，偶亦「與人作對」，或有愜我意者，近十餘年中，想也有數百帖，惟隨作隨佚，總以爲雕蟲之技，不足自珍。名詩人周棄公貽我宋詞集聯一書，爲學海書局影印本。

此書作者爲鑑湖程柏堂先生所集宋人詞楹帖，初版於甲戌年程氏七秩，再版於六十四年六月（學海稱初版，欠通）書之扉頁有莊嚴先生題：「六十一年所獲好書」另註「妙章書店」四字，按妙章書店似在牯嶺街，以往舊書攤成市，偶亦發現善本好書，此書本爲作者「雪廬藏版」，可說手跡版。初版久遠，流傳不廣，莊老逛書攤偶然得此滄海遺珠，想當時洞天山堂，必浮一大白。莊老愛塡詞更喜楹帖，其自製多爲上品。故獲此手本不禁題記並加蓋六一翁、莊嚴、洞天山堂及「莊」字圓型印。可惜交學海重行影印時，莊老僅署「宋詞集聯」四個瘦金體字，未另敍得此好書始末耳。

此外集中題誌，多出自當時名家，如陳其采所題序，其文典雅精緻，書法尤稱蒼勁。李維源題詩七絕兩首，李氏曾宰我邑涇縣，爲進士出身，吾師杏村先生幼時曾親承教益，其家藏李氏扇頁一幅，記憶猶新。葉楚傖氏題七律一首玆錄之：

「述作之間自有眞，秦黃所契若爲鄰。但看妃儷勻絢素，省識機絲多苦辛。世事如文宜剪綴，匠心無恙鬱輪囷。雲煙倘許分餘墨，待取籠紗與辟塵。」

程柏堂先生晚年公餘之暇，除吟誦外猶作擘窠大字，十二小時中，心手並用，不憚其勞。七十歲前後那一年，以集宋人詞句爲楹帖，積稿成數百首，遂付印耳。陳其采氏序云：「集詩爲聯易，集詞爲聯難，以詞句短長不比節，平側不齊聲，集之視詩爲難。」集詞爲聯者舊有吳縣顧怡園，嗣後臨桂況蕙風，新會梁任公，皆好爲之，惟有趙葦佛曾集宋詞聯刊行於世，今趙集不易覓得，有此程集，聊嘗一臠亦可慰也。

集聯乃穿珠合璧之藝術，非匠心巧手者，難得一見佳構。雖說借箸代籌，實亦別有機杼也。讀此集，並見莊老親題，睹物懷人，誠如葛長庚詞句「總是悲秋意」也。

新歲聯話

書聯宜春，亦中國新春民俗之一，是書法與詩藝術綜合表現。不獨應景，且有助於社會敦風移俗之教化。

惟現代建築，都不適宜貼春聯，卽剪紙一項，也採塑膠製品，不倫不類，其材料一變，意味卽隨之消失。此一民間最普及的民族藝術，日見凋零，遑論其弘揚光大！

歲前曾撰一聯：

「一筆日耕九百畝。
孤燈夜讀五千年。」

此聯係懸於「永和居書齋」者，所謂九百畝：卽余每日晨起寫九百字短稿，九百字卽塡九百格，九百格猶九百畝也。解甲未得歸田，轉而筆耕自活，在三張稿紙九百個方格中，經營自己的世界。此心雖方寸之淨土，徜徉於九百方格中，豈不是九百畝良田的自耕農？播佈思想的種籽，灌溉心血的源泉，一字一格，亦如插禾，井然畎畝，青青生意，彷彿老圃，樂在其中。所謂五千年者，余除日課外，夜則苦讀，蓋老眼看花，視已茫茫，是亦苦也。孤燈照白髮，相對五千年，其間甘苦參半，值得仔細品味。余非塵海奇人，故亦無奇書可居，殘篇斷簡，別人視爲腐朽棄物，余則喜而擁之化爲神奇。蓋世事每皆如是，莫不從平淡無奇處，見出光明正大。苦讀五千年，不僅反芻歷史，審察當下，實亦自我針砭，免於隕越耳。

有人讀書不求甚解，有人則死鑽牛角尖，兩皆不得書之眞味眞趣。而書海浩瀚，得一杓之飲已足慰平生。皓首窮經，書城坐擁，是故有閒歲月，遣此生涯者。然而喧嘩城市中，幾人得「靜坐無絲掛」難也。眞個「有福方讀書」，閒情淸福，亦前世所修，此生難得。讀書固難，著書何易？雖說日耕九百畝，亦不過聊以餬口耳！因而前撰一聯，正是書生之見，自況自嘲而已！好在此聯懸我書齋，非標榜門楣，否則隔夜之間書卷氣也成了窮酸味。

歲逢辛酉，豈可無聯？辛卽新也，酉爲古酒子，因作冠字聯書之：

「辛」詩但願宜春好。

「酉」誥惟求飲德和。

此眞是宜春迎歲之作，不足道也。休笑我張冠李戴，陳腔爛調，幸甚。惟喜大地春回，煙景盡是文章，天地無言之大美，豈是人之一心可獨運耶？

第八輯　翰墨緣

第八章　餘墨錄

老宮人莊慕陵先生

名書法家莊慕陵先生，於去歲三月逝世，今屆周年，忘年展同仁爲紀念慕老，舉辦特展於臺北市國藝中心。同仁王漸老賦詩追思，情深意甚，余亦得詩七絕四首，以補忘年展一角之白。詩曰：

（一）

白鬚一把老宮人，濯足雙溪詩酒中。
想是洞天無歲月，忘年翰墨最精神。

（二）

新詞最愛浣紗溪，好大王碑真可迷。
寫到瘦金人也瘦，雲煙多半醉中題。

（三）

老戴老羊信口呼，野肴土酒笑撚鬚。

路邊撿得石頭去，當作宮中拱壁娛。

（四）

栩栩春來蝴蝶夢，逍遙此去大鵬遊。

人間何處埋憂地，一醉千年真自由。

莊老曾製一聯「白鬚一把」，「赤血滿腔」，逝世前在來來公司舉行個展，這一聯可能是最後作品，且也表現了他的情懷風貌。其外雙溪寓所，自署洞天山堂，退隱於斯，詩酒翰墨以自娛。甲寅年與傅狷夫、于還素、戴蘭邨及余五人創忘年書展，後來復有王壯爲、汪中、俞俊珠、吳平、王北岳、張淑德相繼參展。迄今八載，惟去歲莊老逝世故停展一次。每次展出，莊老必遠自外雙溪來，仔細品賞同仁作品，無一掛漏。

世人僅知其瘦金體，但不知其隸書之古樸，僅知其書法，但更少人知其詞之曼妙典雅。余曾見其「浣紗溪」一闋，至爲清絕。想是一位詞人，獨具白髮赤子之忱，他的率眞可以從拙詩第三首中見之。即是飲酒，越土的酒越有韻味，在莊老興味裏，要比世界上所有名牌夠意思，這也許就是老人的「勝事空自知」也。他的豁達，想也得力於莊子思想涵蘊有素，但他並非教條，却在他的日常生活中一一體現。

他離開塵世一年了，生前進故宮，一直做到副院長退休，前後達四十五年，他與藝術典藏結了不解緣，其敬業樂羣，忠於文化藝術，令人難以忘懷的。一位研讀哲學的人，反而成了國寶的守護者，宣統出宮他進宮，這位老宮人常常懷念着他親手用棉被包裝的石鼓下落，希望它安然無恙。想起那些曾經盜賣國寶者，再來洄溯一下這位故宮國寶的守護神的一生奉獻，他該當是國之瓌寶了。

記左師杏邨先生

我之猶能習寫傳統詩，應該感謝的一位啓我詩學之蒙的左師杏邨先生。說是詩學啓蒙，其實也是文學啓蒙者。當抗日戰火燃起之第二年，杏師應鄉人之請，設帳於孔廟附近，並署名「潛修學社」，專授文史。

當時，我們兄弟因戰事從蕪湖歸鄉，遂忝列門下，且爲年歲最少者。杏師所選教材，大多富有民族文化思想者，藉以激勵心志，期有所奉獻。他的父親是名舉人，傳承家學，向有三蘇之譽。他曾參與北伐軍旅，嗣因父病歸侍，其所著「鯉庭歸侍草」詩集，多爲馬上之吟。杏師於詩學潛研至深，爲我等說詩，活潑而不拘泥。他自己乃一情性中人，故而所作詩與其爲人，開張如天岸之馬，俊逸是人中之龍，而才思敏捷，完稿至速。他每應人之請撰輓聯，沉吟之際墨未濃而聯已就矣。典麗莊嚴，且符生死交情。

杏師曾書贈余六首七律詩，稿存故鄉，謹記其中一聯：「舉杯和淚吞雲夢，拄劍看天失斗星。」可以窺見其詩之功力之深，境界之廣。其每有所作，必示余淸賞並爲詳析，記有四首悼亡友詩，索和於我，激賞有加，此女系出趙亞元第，工詩，與杏師結翰墨之緣，曾在早歲大公報「大公園」連載其唱和集，杏師別署「寒梅」，趙女則以「冷月」爲筆名，惜各已婚配，未能結合。此乃有情人未成眷屬，杏師悼詩，悲情廻復，不勝冷月寒梅之淒淸。

磬之在家書中曾告以杏師早已謝世。想其「鯉庭歸侍草」終此一生猶未付梓，此事時在念中，遺稿是否尚留人間，這本詩集對於我的影響最深，一是促發了我走向詩的世界，一是鼓勵了我獻身於我的國家。可以說杏師獨厚於我，亦師亦友，而我未能有所報答涓涘，雲天遙想，愧怍滋生。而今鄉人非農卽工，文化種籽已呈枯萎，詩學復乏傳人，他的墓木已拱，在荒煙殘草之中，這位老詩人靈魂時在我的歸夢裏。好像他遠遠地呼喚着我的名字，鞭策着我向前的脚步。

去年寒父爲我鐫了一方「四恩堂主人」朱文印，其所謂師恩者，蓋不忘杏師之敎我勉我。鐫此四恩，乃我之銘恩圖報，親逝師亡，情至慟也。他的梅雪廬，是否無恙，一窗風月，無限廻思。

莊慕老與乾隆茶

愛酒的飲者，對於天下佳釀，莫不渴望浮一大白。而愛茶的人，除了品種之外，還講究名泉。好茶易得，名泉難求。吾邑湧溪茶，其焙製品形如雀糞，一束卷曲，經滾水泡之，猶如枝頭嫩綠，一朶滴翠。在三十年前時價每斤需銀洋一元，蓋種植面積僅一畝二分地，產量有限也。今天鹿谷鄉凍頂烏龍，坊間隨處有售，實皆假凍頂之名，非道地產品。

我自己飲茶數十年，最難得的品過乾隆普洱茶餅。莊慕陵先生，尚未進故宮時，曾在北平坊間購得一方乾隆茶，係宮中流出者，以黃色絲絹，二號老宋體木刻印的仿單裹之，茶呈褐色，經水煮之，如深咖啡色，古香古味，盡留香根。此方茶餅較豆腐干略大，僅削一角即可烹一壺釅濃茶，莊老視此為傳家之寶，蓋其存藏亦逾五十年，上溯乾隆則二百多年了。當時莊老携茶餅至北投奇岩路還素兄寓，傳觀在座諸公，王漸老，傅狷夫、彭邦楨、戴蘭村及筆者，旣飽眼福，亦飽口福。飲這種茶，就像回味二百多個春天，而今莊老作古，其哲嗣莊靈該當珍藏如受遺澤。

我想能有此福緣品飲二百多年的乾隆茶，陸羽一定沒有此一機遇，否則他的「茶經」要增列此一奇品奇遇了。宣統出宮，莊老進宮，宣統只當了三年皇帝，而莊老却作了一輩子老宮人。這也是人生難得之遇，抱着故宮「寶貝」過一輩子，況其讀的是哲學，幹的是藝術鑑藏事，平生愛酒愛藝術，爲國家典藏了無數瓌寶，他自己僅保有一塊乾隆茶和一文不值的石頭。多年前曾以六萬元收藏絕版的「好大王」碑。算是唯一的「奇貨可居」。日坐洞天山堂，臨摹不輟，他自己最愛隸書，別人却每求墨寶必指定瘦金體。他是個看來古怪，實是純眞的人。就像乾隆茶味之醇樸，他的書法亦莫不若是也。他的詩詞之高妙，不爲外人所洞悉，曾記有句云：「天上有機奔月，人間無地埋憂」。我想乾隆茶也無以爲「白髮赤心」老人一滌愁腸。

回味乾隆茶，就想及可愛可敬的莊老生平，他生前對「忘年展」的熱忱，其詩興、其酒興，從他的毫端墨瀋中洋溢而出，他的生命與藝術，融爲一體。所以品乾隆茶並非好古而已，亦正視爲中國藝術結晶！

太平鄉中長樂人

陳庭詩，在版畫上的名聲，應溯自抗戰軍興之後，他以「耳氏」爲筆名的木刻，已爲世人所熟悉了。他的老友朱嘯秋，還比他晚二三年，在臺灣論版畫，陳、朱二氏，當屬元老了。庭詩兄福建長樂人，八歲時因病失聰失聲，故又自號「耳氏」，他把自己一生置於一個寧靜世界中，來臺之初曾任公職，嗣後復辭去，專志於版畫創作至今，未嘗有悔也。

從刻刀以至於各色各樣的版畫的製作工具，這些蛻變，已經漸漸走向純技巧的組合了，也可以說這樣以技巧取勝的作品，早已失去了中國版畫的風貌與韻味。陳庭詩先生不僅是一位傑出的版畫家，他也是一位最具才華與功力的詩人。以其詩的世界轉注於畫的世界，表現了他的生活中文化背景，逸出了他詩人的生命情緻。他作畫不是工具和技巧組合，可說投注了一顆晶瑩圓渾的靈魂，在那些無聲勝有聲的構圖上。所以他的版畫不是紙上色彩敷設，以娛世人之盲目，我們讀陳庭詩的畫，必須從無聲的世界中去諦聽天籟清音，也要從有色的世界裏去捕捉無色的生命流動。否則我們將是身入寶山，空手而還。

這人世「賤眼貴耳」者，泛泛皆是，一幅畫或者介乎人情，也可以高價出手，作者卽沾沾自喜，可是藝術的眞正價值何在？畫品畢竟不是商品，一旦淪爲商品標價，其藝術生活殆將亡矣！陳庭詩守住他所擁有的藝術信念，在「顚狂柳絮因風舞，輕薄桃花逐水流」的濁世中，他是一株冰雪中的老梅，也是一朵淤泥中的青蓮，潔身自愛，晚節獨存！他不因世人賤眼貴耳而改變其畫風的走向，亦可說不改變其人格的尊嚴。這是一位峻峋風骨的畫家，在窮困生涯中以固其所追尋的本源，他的寧靜世界，不爲俗世的噪音所侵襲，所漫衍，所掩蔽，這就是他的作品在濁流的漩渦之中，成了藝術的不拔砥柱！雖說「總爲浮雲能蔽日」，惟一陣風過，那些浮雲又不知飄散到何方了！山，仍然是一座山，白日仍然是高高照臨着這世界，這對於那些舞風逐流的人來說，他就是擁着中國文化土壤而培養自己的藝術生命人。

陳庭詩以其五十年的生命，奉獻於詩與畫的創作，他所走過的漫長的坎坷道路，正也說明了藝術信念不是富貴或貧賤所能移的。他將去臺中之太平鄉小隱，願他眞是「太平鄉中長樂人」，那裏的一山一水有幸，將在他的畫中奏出人世難以一聞的清音：以此短文，藉當話別！

詩人林泠歸來

女詩人林泠去國十九年，第一次回國敍會於峨嵋街作家咖啡屋，此次再度歸來，臺北詩人假衡陽街陸羽茶藝中心，煮茶當酒，閒話當年勝事。

林泠爲四十年代初期，最傑出的女詩人。紀弦兄主編的現代詩，她的創作至豐。惟去美之後，未數年卽修畢博士，此後專心於化學方面研究，便成了詩壇「逃兵」。惟有關學術論著多在國際著名科學雜誌發表，飲譽國際，亦可說詩人中之翹楚也。

四十六年詩人節，「南北笛」詩刊在嘉義商工日報發刊，臺北方面葉泥、羅行、鄭愁予、林泠發起，當時我在嘉義，主持編務。「南北笛」刊名，由愁予命名的，蓋北有公論報「藍星」，覃子豪主編，高雄有洛夫、瘂弦、張默的「創世紀」，嘉義地屬北回歸線上，可說南北鼓吹，有如七孔長笛。刊頭用的楊喚遺作牧羊人吹笛圖，出了三十七期停了，嗣後由羅行辦了四期單行本。今天詩壇著名詩人，都曾在「南北笛」發表過作品，盡東南之美，極一時之盛。

葉泥居漳州街時，小小的斗室，座中客常滿，往來皆詩人，我北來時，常由葉泥分別通知諸君子，初次與林泠會晤亦即此一斗室。那時就讀臺大化學系，每次從化驗室來，總是手挽一件白色工作服，這印象至今猶覺新鮮。日式的宿舍木板地，無分男女，赤足大仙，促膝談天，自然而和諧，簡單又樸素。葉泥留飯則添份炒蛋，實在那時大家都窮，而寫詩沒稿酬，可是創作興緻，較任何時期爲盛。

四十年代的詩壇，詩人間互助互勉，甘苦相共，至情至性，眞純惟一。當掉褲子辦詩刊者有之；從不爭名爭利，一心致力於詩。也唯有這種精神，才開拓了現代詩的向榮園地。創業最艱難，這段慘淡經營的歷史，將是中國詩史上不可磨滅的。同時，對於今日詩壇新的一代，應是最好的榜樣，這也是中國詩人傳統的求眞精神，絕不是作僞取巧，不仁不義的行徑。有了求眞、求美、求善的詩道，始可保持一顆詩心的清眞！

林泠此番歸來話舊，她在科學上的成就，固可喜可敬也，我們更希望她重提詩筆，以她的才華靈性，再出發必是一片錦繡前景。

答酬陳庭詩

彈鋏無家此卜居，人誰知我未知魚。
一身且共雲閒住，萬事差同夢子虛。
門對青山山亂疊，窗搖竹影影蕭疏。
南來已隔塵紛遠，跣足科頭好讀書。

——陳庭詩移居詩

庭詩老畫人，移居臺中縣太平鄉，近以詩代簡，寥寥五十六字中，頗可尋味林泉心情。雖說長鋏的聲音有些淒清意味，但在青山亂疊，竹影蕭疏中，看到他「跣足科頭好讀書」的背影，還是那自然中一片閒雲，一隻野鶴。人既不能與世俗相苟合，亦惟有如此自處，用遣生涯了。渾濁人間，攘臂爭利，折腰求名，聲喧於朝市，對於如庭詩之具有藝術智慧的人，就難以「鷄鶴同一皂」了。

卞和抱雙璧的故事，象徵了一個智慧者，堅持自己的眞知，縱然遭受了世俗的刖足之痛，終不悔也。因其所懷抱者乃稀世之璧，信其所信，毋視於讕言謬論，這就是一位藝術家所賦予不朽的生命，其光輝終有一朝照射於人間。這種藝術的情操，個人道德，如果捨棄了中國文化爲其存養，自是墮落於商品行爲之一途了。庭詩兄具有現代繪畫的思想，同樣受過中國文化薰陶，從他的詩來探視，乃一道道地地的中國讀書人的情懷。也正因他所抱持的是卞和之璧，自難受到貴耳賤目者所能認知了。況在沒有批評與鑒賞，別是非，辨眞僞的藝術環境中，縱令抱着雙璧，世人亦以爲花蓮大理石了，我們不願苛求，蓋對於藝術涵養或教育，我們還是摸索於煙雨迷濛之中，怎能希冀出現「曲高和衆」的環境！

庭詩寄我詩束，夏夜孤燈，吟之再三，頗有辛棄疾詞中所說的「回頭叫雲飛起」那般清狂情緻。因步原韻，藉答故人：

芝山之後永和居，彷彿泥龜涸轍魚。
到此三都空自賦，而今左席待誰虛。
清狂却喜心常熱，飄泊應憐髮漸疏。
一室茫然何所寄，且從秦火讀餘書。

蓋我居永和，雖一廬可蔽風雨，和莊周曳尾泥塗之龜，不必供奉於楚廟，惟涸轍之中魚之心情，亦艱難歲月也。

酬向陽寄春茶詩序

鹿谷向陽知我渴，雲羅飛送鳳皇春。
不教雙井空餘味，且向茗溪得一真。
故土幾時能話舊，京師三月可嘗新。
人間甘苦一甌握，留與舌根如許醇。

——答酬向陽寄凍頂春茶

向陽知我有渴意，遙寄凍頂春茶，清泉細火，沏而品之，既感其厚貺之情，復興起故國之思。蓋我鄉亦有湧溪及白雲茶之上品，每歲清明前，總有嘗新之雅會，父老能詩者，莫不唱和連篇，極一時之盛事。鄉賢左杏邨先生詩人也，不善飲，惟於茶道獨好之，座中常年待客者必然湧溪茶也。余從其吟咏，復躭於詩情茶味之醇，數十年間，飄泊湖海，猶未或忘耳。故土蒙塵，杏師早歸道山，每一甌在握之頃，遙想鄉人當年風貌，不勝悵惘之至。

近年鹿谷林子向陽，每於春茶季，則包裹郵遞新茶，聊潤我口渴腸枯，並以慰鄉思之甚。因而賦得一題，用酬雅意。鳳凰山麓凍頂，爲林氏世居之地，以種茶製茶爲業。世之隱者，有隱於朝，隱於市，隱於林野之別，今林家則隱於茶者，亦陸鴻漸之隱苕溪然。

名茶必得名泉煮之，始能得其眞味，修水黃庭堅有雙井泉名於世，涇縣黃氏亦有雙井之雅稱，蓋始祖來自江西，或沿襲用之，或相承一脈也未可知？而今人居市廛，遠離林壑，難求一掬石泉，一束青松爲我煮佳茗。我亦不勝酒力者，惟茶可當酒，朝夕必飲，此與杏師同趣耳！我鄉地泉甘美，可釀酒，可煮茗，亦天獨厚於此鄉福澤！中國茶始自周，盛於唐，且列入稅徵，可見其營運之廣。有關茶之文學藝術，亦相得益彰，如詩文，如茶具，歷代雅士視爲收藏珍品，近讀日人精印之「茶掛」，其中收集者皆品茶之所之繪畫或茶器陶藝品。惜國人已無此雅興，如一一彙印之，必洋洋大觀也。近人朱小明氏編「茶史茶典」一書，較一般散篇較完善可觀。（世界文物社版）

陸羽茶爲團茶也，今人則不習飲此類茶，且其製作過程複雜，尤費時間人力，此爲唐時茶之著者，縱令茶博士陸羽再世，爲爾煮此團茶，想難涓滴下咽，其所著「茶經」詳述可考，今飲中之士，不妨發奇想，仿之一試！或亦賦古典爲神奇，成一時之新潮。忽憶文徵明七絕題畫詩云：

碧山深處絕纖埃，面面軒窗對水開。
穀雨乍過茶事好，鼎湯初沸有朋來。

其自跋云：「嘉靖辛卯，山中茶事方盛，陸子傳過訪，汲泉煮而品之，眞一段佳話也。」畫景正如所跋，想亦鹿谷深處之寫實也。

辛酉忘年書展

——兼懷莊慕老

忘年書展，爲了紀念創始人之一的莊慕陵先生逝世周年，於五月六日起假臺北國軍文藝中心藝術廳展出一周。

忘年展去年停展一次，正是忘年同仁對慕老的追思情深也。爲了使各界愛好書法人士，得沾愛澤，一瞻遺墨，因而有紀念展之舉辦，同時忘年同仁亦展出新作，藉表敬意。

忘年書展之不以「書會」稱，實亦首屆展出時慕老之心意。蓋「忘年」卽寓有「不知老之將至」之義，以之自勵而勵人也。實際上忘年展同仁年齡差距相當大，如慕老八十餘，而其習書女弟子則年僅二十有四而已，他的觀念，習書不分老少或先後，而藝術心靈永遠是青春美好。這個觀念，正也象徵了藝術生命之活活潑潑歷久彌新。記得有一次在外雙溪洞天小堂小飲，他直呼我爲「老羊」，呼蘭邨則「老戴」，這樣的稱呼，可見其平易近人的本色，一種率眞的性情流露。

當然，我們一向敬稱以「莊老」，如同敬以「老莊」，想他亦不以爲忤，蓋他晚年思想境界正是一個天眞活潑的現代「老莊」也。

莊老之書法，雖說他在北大讀書時，即勤習各體，出入諸家。至晚年猶臨寫所藏好大王碑，其寫到老學到老，獨來獨往，不爲古人所拘泥，就其書法看來，更能表現其藝術生命中的風貌。世俗總以爲莊老只寫瘦金體一種，而求書者大多請其寫瘦金體，莊老不違時俗而應所請，實亦其爲人謙和也。他的書法於生前結集由華欣文化事業公司以「六一之一集」印行於世，愛其書者莫不視若拱璧。曾蒙臥病中伏枕題贈一册，逝世後轉來遺作，撫墨懷人，悲之不勝。再者，莊老詩詞，渾樸醇厚，古趣橫生。偶見於臨池尺楮中，彌足珍貴。是以莊老不僅藝術鑒賞，獨具慧眼，他是「白鬚一把，赤血滿腔」的忠於藝術與文學的老人，從他進故宮一守就是四十五年，這漫長的歲月間青春與白髮，也可以窺見他的崇高可貴的情懷了。他的八十一年生命，奉獻於藝術文化，他在退隱之餘，與「忘年」同仁展出他的隨心所欲的作品，而不以「書會」稱，僅標以「忘年書展」也是他不拘於世俗的本色，他的心境正像他在遊韓詩中兩句：「青山千里月，黃葉一村詩」那樣的曠達而俊逸也。

他喜飮，但不拘於一種酒，越「土」越好，他愛收藏，但不計其時值，即一塊可愛的頑石，同樣視如瓌寶。惟獨好大王碑原拓，不惜張羅以六萬元購得而甘心。際此紀念特展，撫拾寫來，更令人追思，不勝悵惘。

致詩人季紅

讀了你的書簡和「四季詞」之後，使我一則喜樂盈懷，一則泫然淚下。你的「快樂主義」，正是仁者之樂山，智者之樂水，却近似莊周的齊物之論。如果捨棄了仁心與慧根，則極難臻於斯境的。因而，你所抱持的快樂觀，亦卽根植於中國文化仁愛的土壤。其生發，其繁衍自然而然地透過詩的醞釀，成了最芬芳的醴酒。而這酒液中流動着生命的淸泉，可以照映出一個美麗而豐盈的靈魂，那是一個大我的完成。作爲詩人的你，生命的創造，在莊嚴而和諧的調子裏，讓我觸及到那均勻而溫柔的呼吸！

你那天帶着美酒和詩稿來永和居，我的感動竟而潸潸淚不自禁的白髮苦低垂，當着一位二十餘年老友面前，如此老淚縱橫，我想你不以爲忤的。蓋我讀你的「四季詞」，正像讀自己久久未能着筆的那個情境。而你的誠摰在那四季的景象中，給予我最大最深刻感情之凌遲！也許別人以爲「凌遲」這個詞彙有些費解，實則你的筆端正是羊毫那般細柔，却又是荆棘一樣的鞭策！風木之思，蓼莪之慟；你是童年的感受之反芻，而我則是人老天涯，二十八年後得自家書中的描繪。雖說人天永阻，惟情景猶如親侍鯉庭。你以自然界的四季之運轉，經始佈局，無論天地星辰，風霜雪雨，雲樹花鳥，或是墓中的長眠者做不完的噩夢。墓前的憑悼者流不斷的淚泉。甚至萬里之外的遊子鄉愁哀思，一一揉和成四季的風景，好似一針一線刺繡密縫的。你的悼念已不止是故土長眠的父親，悼念的也是一個浩刼中歷經摧殘與侮辱的人性尊嚴與文化的榮耀。你以偉大的寬容之情去接納，亦如你墓中長眠的父親接納了那悲慘世界。因而這個悲慘的世界，深沉的創傷，不僅是屬於你獨自承受，也是所有中國人所承受着。雖然你沒有帶領我，我却身不自主的走入了。你把「春」的這一季，安排在最後，那正是「多天來了，春天還會遠嗎？」彷彿雪萊在這變奏裏唱出了和聲！而你拭去了秋天的淚，發出了春天的傳喚：

「春
是甦醒
——在眠之後
是復活
——在亡之後。」

杜審言在「早春遊望」中說：「雲霞出海曙，梅柳渡江春。」這正是轉悲爲喜的時辰來到。我們勤奮地營造了三十餘年的「雲霞」，就要出海了，把曙色和着雨露，去滋養那故土上的親人渴望的心眼。所以你的春天傳喚，就是所有眺望者的和聲！

今夜爲庚申除夕，我趁着辛酉的鷄聲唱曉之際，多與春的臨界上，和着熱熱的淚泉重讀你的詩，且回響着杜審言和杜甫祖孫之間的「春望」節奏，情不能已。獨自在殘年寒燈之下寫這封回信，我想你會恕我草率成篇。不過想到家山冰雪，正密密的覆蓋着我父母的墓地，而我的兄弟，却憂傷地翹盼着天外未歸的遊子。冰天雪地之中，一隻啼鴻的蹼掌上是否繫着萬金家書？此刻，我不知道是飲着杯中的酒，抑是苦澀的老淚？眞的，鷄已經唱曉了，那遠遠天邊，漸漸地浮起一片大白！

永和居庚申除夜

霜紅的脈絡

寄來的那篇賦秋文章，令我身在故國，猶是天涯的人，有一陣悸動，不知道你的小園中有一叢中國菊花否，那正是，「冷露滴秋根」的季節，孤芳寂寂，那綻放的也許就是旅人的清秋風景了。

我不願聯想紛繁而遼遠，在我的窗前不就是一帶「寒山轉蒼翠」捎來一些秋暮的信息！我不會渲染這一窗風景，或者寫成手卷寄給你，供奉你神遊夢中家國。不過我還是寫了一首詩，詩的語言，雖不像月光的清輝流瀉，可也是「不堪盈手贈」的一種情愫：

「紅葉初題秋幾分，鄉心萬里意殷勤。
寒鴻啼盡天涯路，青鳥傳呼海角雲。
環珮猶疑迴舊夢，瓊瑤相答接清芬。
此情不已涼風起，欲語嬋娟可得聞。」

五十六個字也許夠多了，在這樣潔淨而亮麗的星空之下，還需要什麼語言呢！紙窗月色不須燈，無邊的寧靜，也許可以致我於遙遠！

秋夜屬於懷人的時刻，唐人如此，現代人更多離情別緒，何況一月如飛鏡，照出了多少人的愁顏，豈僅那位流離中的帝王「故國不堪回首月明中。」一襲夏衫，已經裹不住一身秋意了，此刻黃仲則也許正惦念着燈前裁剪和午夜寒砧了。

一連串的旅程，客中作客，想也像倦飛了的一隻幽禽，現在該歸息於那一身暫寄的庭園了。你的行囊裏是萬里的秋色，抑或十丈紅塵，無論雪泥鴻爪，都入鞭影鷄聲。惟殘山剩水，將從你的毫端悠然重現，那也許就是這人生卽興的封面，一扇回憶的扉葉了。

爲什麼不多邁一步，來這片故國的泥土踏歌呢。而在這暮秋，這裏果樹都透熟得可以釀酒了。想起東坡一首冬日詩，可是眞像臺灣此際景象：「荷盡已無擎雨蓋，菊殘猶有傲霜枝；一年好景君須記，正是橙黃橘綠時。」如果你在梨山小住一宿，山中夜浮動在蘋果香氣裏，卽不品飲也要微醺了。

去年冬初，曾遊漢城，我總覺得那裏的水可釀酒，但山不可入畫，因而愈教人眷念三十六峯的黃山，一個傑出的山水畫家，該當常住此鄉，作山水的主人。我們畢竟不是晉代陶令，可以採菊於東籬而悠然見南山者，不免要興起遊踪，去探山問水了。李白當年腰纏十萬貫，騎鶴下揚州，他的遊興之濃，可以想見的。前代的隱者，朝可隱，市亦可隱，山林尤宜隱也。現代人似不必買山而棲，或當隱於遊踪萬里，茫茫人海可藏身。

但願你歸來燈下，能讀到這紙短柬，也像一片葉子，可以看見每一條霜紅的脈絡！

給劍花詩社的朋友

從苗栗轉車到臺中，已是接近午夜了。寧靜的旅邸燈色下，讀你們的劍花詩刊，好像品着一樽深夜的釃茶或者醇酒，剛剛和大家一起談文論藝，而此刻走進你們的詩心文路上，有一種驚喜襲過心頭。

你們都是學工的，却對詩如此熱衷，而敬謹地接納它，設計着另一個精神領域，讓山城的風月展示於斯。可見得今天的詩，不再是貴族的，或奢侈的飾物，它已經成了我們心靈中必需的食糧。不待孔子說小子莫若學夫詩，而你們却認眞的在這片沒有污染的地帶上繁殖詩的生活和生命了。

我說繁殖的生活與詩的生命，這是一個較爲嚴肅的問題，我們怎麼也不能輕忽它所賦出的意義。蓋詩的生活和詩的生命兩者無法分割的。我們如果不能認眞的生活，不能投諸生命，將是茫然無所從，且無所獲。一個詩人對於一切生命之憐憫之關注，亦如我們去辨識自己的背影輪廓，和生命呼喚的方向一樣。千古以來多少人迷失於生活的海洋之中，載浮載沉，而在有限的生命中歸於幻滅。這就成了生活的路上一些跫音，生命中一朶隱現的磷火而已。詩在這樣的困境中，給予我們生活更眞實的觸及，生命更崇高的提升。詩人究竟不是瘋人，他憑着那一點心靈世界的靈光，照亮自己，引領別人，這就要依靠偉大的人類愛拓殖荒蕪已久的生活世界了。

熱愛生活和熱愛生命，這是一位詩工作者持之不墜，行之不懈的情操。這種情操表現於前代詩人生命中，不知寫下了多少垂之不朽的作品。劍花詩社的年輕朋友們，你們的生命剛剛萌芽的向着春天茁壯，你們的生活也是最新銳的試探，期待繁殖的土地。首先也得循着前代詩人那種情操，爲自己在現代生活中紮根，爲一個青色的生命結果。追求與創造恒是詩人不渝的原則，沒有追求，就沒有理想，沒有創造，理想就成了幻滅。文學總是在不斷的追求和創造中別有蹊徑，開啓新境的。

你們希望我讀了劍花詩刊之後，能給予你一些回響，我無從在短短信箋裏漫論細節，只想把上面所感觸的一些意念，說給你們。數十年來在詩的旅程上，我唯一所能擁有的是生活和生命的眞實面貌與聲音。這層心意寄給山城愛詩朋友，就算一份微薄的餽贈，願你們接納它！

——七十年四月八日於臺中市

悼楊海宴先生

楊海宴先生去了，得年五十。他在四十年代文壇上，曾是傑出的小說家。少小離鄉，在戰火之中成長，可說是一位恃才傲物的三湘文士。

六年前新婚後，在他家吃飯，要我爲他寫「身無半畝，心懷天下」，這幅字不知怎麼延擱了沒寫，這兩句話出自左宗棠，海宴爲之嚮往，爲之信服，也可見出他這番豪情，這番志節。

也許他的朋友們，認爲在海宴生前行狀中，頂多是個不拘禮數，不是青眼就是白眼對人待世的狂者，甚至於不受歡迎的人物。所以在現世生活中，他遭遇的挫敗也是意中事。他從一個外縣市駐在記者，一貶而爲校對員，再而主筆地方論壇稿，擲地作金聲。可是他的文學才華，却因生活的壓力而埋藏，稻粱之謀，戕害尤甚，這不僅是海宴個人的損失，也是文壇的損失！

三十年中，大多在窮困中掙扎日子，婚後生涯，始告平穩，這大概有賴於他的夫人善於調理。去年「美麗島」案發後，他激於義憤，將其所有辛苦賺來的幾十萬元積蓄，傾囊而出，創辦了一份「清流」雜誌，秉春秋之筆，辯是非之論，畢竟海宴是個文人，不諳雜誌經營之道，據說逝世後還留下一筆債。在「清流」中，倒眞正表現了他的「身無半畝，心懷天下」的書生本色。辦這個雜誌當時，我不知道是海宴的手筆，還是姜穆在偶然的電話中提起這件事，這一回總算償了他的心願，雖然身後虧了一筆債。

前年大除夕，他曾電話約我去，因事未果，想不到那次的電話，成了最後的對話。人事變幻無常，生命原本脆弱，不過知命之年，即撒手而去，未免早了一點。早年他曾經爲一家香港某雜誌寫文章，言論較偏激，而遭到警告。而這一次以私蓄辦「清流」寫報國濟世文章，可未聞有關方面，給予杯水車薪資助。這道理很簡單，別善惡，辨是非，「雖萬人吾往矣」！他澈頭澈尾的中國文人風貌。海宴其爲人其爲文，如此率眞，我覺得語言有味，面目可愛，在此濁世滔滔中，他還爲我們導引來一泓清流，照亮肝膽，他已經盡了一個書生報國的義務，雖說「出師未捷身先死」，不過「綵筆昔曾干氣象」的才華，永遠芬芳着國土！

滄海叢刊已刊行書目（四）

書名	作者	類別
累廬聲氣集	姜超嶽	中國文學
苕華詞與人間詞話述評	王宗樂	中國文學
杜甫作品繫年	李辰冬	中國文學
元曲六大家	應裕康 王忠林	中國文學
林下生涯	姜超嶽	中國文學
詩經研讀指導	裴普賢	中國文學
莊子及其文學	黃錦鋐	中國文學
歐陽修詩本義研究	裴普賢	中國文學
清眞詞研究	王支洪	中國文學
宋儒風範	董金裕	中國文學
紅樓夢的文學價值	羅盤	中國文學
中國文學鑑賞舉隅	黃慶萱 許家鸞	中國文學
浮士德研究	李辰冬譯	西洋文學
蘇忍尼辛選集	劉安雲譯	西洋文學
印度文學歷代名著選(上)	糜文開	西洋文學
文學欣賞的靈魂	劉述先	西洋文學
現代藝術哲學	孫旗	藝術
音樂人生	黃友棣	音樂
音樂與我	趙琴	音樂
爐邊閒話	李抱忱	音樂
琴臺碎語	黃友棣	音樂
音樂隨筆	趙琴	音樂
樂林蓽露	黃友棣	音樂
樂谷鳴泉	黃友棣	音樂
水彩技巧與創作	劉其偉	美術
繪畫隨筆	陳景容	美術
素描的技法	陳景容	美術
都市計劃概論	王紀鯤	建築
建築設計方法	陳政雄	建築
建築基本畫	陳榮美 楊麗黛	建築
中國的建築藝術	張紹載	建築
現代工藝概論	張長傑	雕刻
藤竹工	張長傑	雕刻
戲劇藝術之發展及其原理	趙如琳	戲劇
戲劇編寫法	方寸	戲劇

滄海叢刊已刊行書目（三）

書名	作者	類別
知識之劍	陳鼎環	文學
野草詞	韋瀚章	文學
現代散文欣賞	鄭明娳	文學
藍天白雲集	梁容若	文學
寫作是藝術	張秀亞	文學
孟武自選文集	薩孟武	文學
歷史圈外	朱桂	文學
小說創作論	羅盤	文學
往日旋律	幼柏	文學
現實的探索	陳銘磻編	文學
金排附	鍾延豪	文學
放鷹	吳錦發	文學
黃巢殺人八百萬	宋澤萊	文學
燈下燈	蕭蕭	文學
陽關千唱	陳煌	文學
種籽	向陽	文學
泥土的香味	彭瑞金	文學
無緣廟	陳艷秋	文學
鄉事	林清玄	文學
余忠雄的春天	鍾鐵民	文學
卡薩爾斯之琴	葉石濤	文學
青囊夜燈	許振江	文學
我永遠年輕	唐文標	文學
思想起	陌上塵	文學
心酸記	李喬	文學
離訣	林蒼鬱	文學
孤獨園	林蒼鬱	文學
托塔少年	林文欽編	文學
北美情逅	卜貴美	文學
女兵自傳	謝冰瑩	文學
抗戰日記	謝冰瑩	文學
孤寂的廻響	洛夫	文學
韓非子析論	謝雲飛	中國文學
陶淵明評論	李辰冬	中國文學
文學新論	李辰冬	中國文學
分析文學	陳啓佑	中國文學
離騷九歌九章淺釋	繆天華	中國文學

滄海叢刊已刊行書目（二）

書名	作者	類別
國家論	薩孟武譯	社會
紅樓夢與中國舊家庭	薩孟武	社會
社會學與中國研究	蔡文輝	社會
財經文存	王作榮	經濟
財經時論	楊道淮	經濟
中國管理哲學	曾仕强	管理
中國歷代政治得失	錢穆	政治
周禮的政治思想	周世輔 周文湘	政治
先秦政治思想史	梁啓超原著 賈馥茗標點	政治
憲法論集	林紀東	法律
憲法論叢	鄭彥棻	法律
師友風義	鄭彥棻	歷史
黃帝	錢穆	歷史
歷史與人物	吳相湘	歷史
歷史與文化論叢	錢穆	歷史
中國人的故事	夏雨人	歷史
精忠岳飛傳	李安	傳記
弘一大師傳	陳慧劍	傳記
中國歷史精神	錢穆	史學
國史新論	錢穆	史學
與西方史家論中國史學	杜維運	史學
中國文字學	潘重規	語言
中國聲韻學	潘重規 陳紹棠	語言
文學與音律	謝雲飛	語言
還鄉夢的幻滅	賴景瑚	文學
葫蘆・再見	鄭明娳	文學
大地之歌	大地詩社	文學
青春	葉蟬貞	文學
比較文學的墾拓在臺灣	古添洪 陳慧樺	文學
從比較神話到文學	古添洪 陳慧樺	文學
牧場的情思	張媛媛	文學
萍踪憶語	賴景瑚	文學
讀書與生活	琦君	文學
中西文學關係研究	王潤華	文學
文開隨筆	糜文開	文學

滄海叢刊已刊行書目（一）

書名	作者	類別
中國學術思想史論叢(一)(二)(三)(四)(五)(六)(七)(八)	錢穆	國學
兩漢經學今古文平議	錢穆	國學
先秦諸子論叢	唐端正	國學
湖上閒思錄	錢穆	哲學
中西兩百位哲學家	黎建球 鄔昆如	哲學
比較哲學與文化(一)	吳森	哲學
比較哲學與文化(二)	吳森	哲學
文化哲學講錄(一)	鄔昆如	哲學
哲學淺論	張康	哲學
哲學十大問題	鄔昆如	哲學
哲學智慧的尋求	何秀煌	哲學
老子的哲學	王邦雄	中國哲學
孔學漫談	余家菊	中國哲學
中庸誠的哲學	吳怡	中國哲學
哲學演講錄	吳怡	中國哲學
墨家的哲學方法	鐘友聯	中國哲學
韓非子哲學	王邦雄	中國哲學
墨家哲學	蔡仁厚	中國哲學
中國哲學的生命和方法	吳怡	中國哲學
希臘哲學趣談	鄔昆如	西洋哲學
中世哲學趣談	鄔昆如	西洋哲學
近代哲學趣談	鄔昆如	西洋哲學
現代哲學趣談	鄔昆如	西洋哲學
佛學研究	周中一	佛學
佛學論著	周中一	佛學
禪話	周中一	佛學
天人之際	李杏邨	佛學
公案禪語	吳怡	佛學
不疑不懼	王洪鈞	教育
文化與教育	錢穆	教育
教育叢談	上官業佑	教育
印度文化十八篇	糜文開	社會
清代科舉	劉兆璸	社會
世界局勢與中國文化	錢穆	社會